當我呼喚妳的名字

Boku ga kimi no namae wo yobukara

OTONO YOMOJI

僕が君の名前を呼ぶから

乙野四方字

涂紋凰——譯

目錄

栞的日記

8月16日

我好久沒有寫這本日記了。

我想著上次寫不知道是什麼時候，翻了翻日記，發現已經是三年前的事了。剛好是三年前慶祝七十歲生日那天。到了這個歲數之後，每天都沒有什麼值得記錄的事情，三年的時間一眨眼就過了。

年紀越大越會覺得時間過得快，據說這種現象叫做洋特法則。妳知道這個法則嗎？哎呀，我竟然一個不小心就開始賣弄知識，其實我也只是聽進矢先生說過而已。畢竟我只能向妳炫耀，只好請妳多多包涵囉。

妳過得好嗎？還是像以前一樣嗎？

我啊，最近經常覺得，自己應該是大限將至了。今年，尤其是這個月開始，我就經常覺得胸口很悶，但是醫生說沒什麼問題。

我在想，或是這是我最後一次寫這份日記了。如果真是如此，我就要和妳告別了。

結果，妳還是一次都沒有回應我。

今天，我重新讀了妳寫的日記，從一開始的那篇看到最後。

真是不可思議，都已經過去幾十年了，我還是能清楚想起那天的事情。

我第一次和妳相遇……不，不能說是相遇。那該怎麼說才好呢……應該說是發現？感覺到？好像都不對……說不定只是我哪裡怪怪的而已。年輕的時候，我覺得不可能，但現在想想，說不定答案意外地單純。表示那個時候父母失和，對我來說真的非常痛苦。

總之，我第一次……「遇見」妳，還是用「遇見」好了。我久違地想起，第一次遇見妳的時候。

第一章　幼年期

1

我七歲的時候，父母失和的情況越來越嚴重，甚至到了快要離婚的地步。

我媽媽是科學家，也是當時尚未被大眾所知的虛質科學領域中的最高權威。由於涉及最先進的理論和技術，當然有保密的義務，導致媽媽和家庭主夫的爸爸之間幾乎沒有什麼共通話題。兩人之間的知識、學習能力和學歷本來就有很大的差距，簡單來說，爸爸對媽媽有強烈的自卑感。

媽媽在外工作，爸爸操持家務。原本是在彼此理解的狀態下選擇這種模式，但實際上過這樣的生活後，爸爸心中或許產生了矛盾。另一方面，媽媽看上去對此毫不在意，每天都活力充沛地過日子，這點可能也造成爸爸不滿。

媽媽通常很晚才回家，大多是在我們睡著之後才到家，但是她一定會在我要出門上學的時候起床，叮囑我路上小心。聽爸爸說，在那之後媽媽就會繼續睡回籠覺。

偶爾有休息時間的話，媽媽會教我許多知識。話雖如此，媽媽似乎不擅長教學，而且內容也大多都是科學家的專業知識。對當時還是小學生的我來說，只能當作無法理解的不可思議咒語來聽，爸爸常常用「這她還聽不懂」來打斷媽媽的發言。

雖然這樣說有點自吹自擂，但當時的我和同齡的人相比，算是非常聰明了。這應該是託媽媽的福吧。我當時一定比爸爸想像得還要喜歡聽媽媽講述那些知識。

不過，爸爸雖然能理解媽媽的工作，但是似乎對她扮演媽媽的角色感到不滿。和爸爸單獨相處的時候，我經常被問到對媽媽有什麼看法。爸爸應該是想從我口中聽到對媽媽的不滿吧。

我並不討厭媽媽。

媽媽面對年幼的我，一定不知道該說什麼才好。

但是，她努力想找話題跟我聊，最後才會演變成教我各種知識，這毋庸置疑也是一種母愛的表現。

當然，我當時並沒有把事情想得這麼複雜。不過，身為一個小孩，媽媽在談這些困難的知識時展現的聲線、眼神、表情，都可以讓我感覺到安心。

或許在當時的爸爸心中，其實有一個「理想家庭的模樣」，而我和媽媽，並沒有完美符合理想家庭的樣貌。

我剛開始並沒有發現父母失和。我一直覺得，我們家感情很好，雖然和別人家不太一樣，但是過得非常幸福。

我第一次得知事情並非我所想，是因為我小學一年級時經常作的一個惡夢。那是我記憶中第一次穿梭平行世界。

2

最近，我偶爾會作非常可怕的惡夢。

深夜。應該是過了凌晨十二點之後。突然醒來的我，感覺到不尋常的動靜，所以悄悄地離開被窩走向客廳。

「妳就不能早點回家嗎？」

媽媽像往常一樣晚歸，我聽到爸爸用責備的語氣這樣對她說話。

「妳最近一直都這樣。我知道妳工作很辛苦，但是，至少每個禮拜要有一天在家吃晚飯吧？」

啊，又是這個夢。爸爸媽媽在客廳吵架的夢。話雖如此，都是爸爸在說話，媽媽只是靜靜聽爸爸說話，偶爾低聲回嘴幾句。

「假日我都在家吃飯啊。」

「我是說平日。」

「那你就應該說平日在家吃一次飯，而不是每個禮拜一次啊。」

「那不是重點……」

爸爸嘆了一口氣。我能理解爸爸的心情，而且媽媽明明可以把話說得更婉轉的。不過，媽媽就是這樣的人。

爸爸一臉煩躁的樣子追問。

「……對妳來說，到底是工作重要還是女兒重要？」

這次換我想嘆氣了。爸爸，這樣不行啦，不能說這種話。媽媽也一臉受不了的樣子反問。

「為什麼我一定要回答這種無聊的問題？」

爸爸似乎馬上就開始反省，低聲說了句「抱歉」。但是，在那之後馬上就接著說「可是……」兩個人又繼續吵架。

我既害怕又悲傷，我忍住想哭的衝動回到房間，鑽進被窩閉上眼睛。我要趕快睡覺，明天醒來就沒事了……

我對此深信不疑。

接著，不可思議的事情發生了，第二天爸爸和媽媽就像什麼都沒發生似地非常融洽。

媽媽一定會在我去上學的時候起床，和爸爸一起對我說「路上小心」。當時的兩個人氣氛融洽，彷彿昨天晚上吵架是一場幻覺。

我也想過，他們是不是因為我才和好，但是怎麼看都不像。看假日時兩個人相處的樣子，也不覺得他們曾經吵過架。

因此，我一直認為自己只是夢見他們吵架。那只是與現實無關，在惡夢中發生的事情。

然而，我後來知道了。

那是平行世界發生的事。

那不是與現實無關的惡夢，而是鄰近現實的另一個現實世界。

我是在開始作惡夢一段時間之後，才知道這件事。

×××

「平行世界？」

「對，平行世界。」

媽媽在平板上面用手指一邊寫字一邊說。

這個假日，我和媽媽待在一起。媽媽讓我坐在她的膝蓋上，用平板教我各種知識。今天的主題是「平行世界」。

「那是什麼？」

第一次聽到的詞彙和第一次看到的漢字，讓我覺得很興奮。雖然媽媽說的話都很難懂，但是我很喜歡聽。

「除了我們生存的世界之外，還有很多相似的世界，我們只是其中一個。」

「是這樣嗎？」

「嗯，該怎麼說呢……就是和這裡幾乎一樣，但是又有點不同，有好幾個這樣的世界在我們旁邊……嗯，好難說明喔。」

媽媽抱著手臂陷入沉默。好幾個稍微不同的世界並排在一起……我想到類似的地方了。

「……就像學校的教室那樣嗎？」

「啊，沒錯沒錯。小栞真聰明。」

媽媽摸了摸我的頭。我很開心，忍不住笑了出來。

「假設現在這個世界是A班好了，小栞在A班吃營養午餐，但是隔壁的B班、C班、D班……每個教室都有一個小栞。」

「咦？可是我只有一個吧？」

「對啊，小栞只有一個，但是平行世界裡有無限多個小栞喔。」

「無限……」

「就是有很多的意思。」

「嗯。」

雖然不是很懂，但我先點點頭。

「A班的小栞，昨天營養午餐吃了什麼？」

「嗯……是漢堡排喔！」

「好好喔。不過，B班的小栞，營養午餐有可能是吃炸蝦喔。」

「怎麼會？營養午餐應該每個班級都一樣吧？」

「平行世界就會不一樣喔。如果是隔壁的班級，可能會一樣，但是相隔五個班的平行世界有可能是吃三明治。如果相隔十個或二十個班，差距就會更大，相隔超過一百的班級，說不定會因為流行感冒，整個學校都停課喔。」

「是嗎……」

會有這種事嗎？營養午餐明明大家都一樣啊。面對歪著頭的我，媽媽繼續用其他方式比喻。

「真的喔。小栞有沒有在上課的時候，突然發現橡皮擦不見了呢？」

「有！」

「那橡皮擦有沒有在明明找過的地方出現呀？」

「有！」

「那是因為A班的小栞在不知不覺中和B班的小栞交換身分喔。」

「交換？」

「沒錯。A班的小栞用完橡皮擦之後放在桌上，就在這個時候，B班的小栞用完橡皮擦之後，收到鉛筆盒裡。就在這個瞬間，兩個人互相交換了，所以小栞原本放在桌上的橡皮擦才會不見。妳想著原本應該放在這裡的，又找了其他地方，這時候兩人又分別回到原來的世界，結果在桌上找到橡皮擦……這都是因為小栞在不知不覺中移動到平行世界喔。」

的確偶爾會有這種情形，原來那是平行世界啊。

「媽媽研究的虛質科學，就是在探討這類的學問喔。」

我當然沒有完全理解媽媽說的話。

不過，我腦中浮現一個很討厭的想法。

「……有很多個和這裡不太一樣的世界，然後那些世界裡面有很多個不是我的我，而且還會偶爾互相交換身分嗎？」

「沒錯。不只是小栞，大家都會在不知不覺中移動到平行世界。不過，大多數的情況下都是移動到相鄰的世界，所以就像剛才說的，只會有一點點差異。」

「那不是夢嗎？」

聽到我這句話，媽媽的眼睛稍微睜大，一臉很有興趣的樣子繼續說。

「作夢啊……對耶，或許所謂的夢境，就是看到平行世界中的自己。的確也有人這樣想，我也覺得這不是完全不可能。」

「那……」

接下來的話，我說不出口。

那我偶爾會在夢境中看到，爸爸和媽媽在吵架呢？

那可能不是夢，而是平行世界的我們家嗎？

因為太害怕了，所以我不敢問。

「小栞……怎麼了？」

媽媽擔心地看著我的表情。

就在這個時候，廚房那裡傳來爸爸的聲音。

「妳們兩個，飯菜都做好了喔！好了，媽媽不要再講那麼難的東西了，小栞會覺得很困擾啊。」

「啊……啊，說得也是。小栞，爸爸說要吃飯了。」

「……好！」

我開朗地回應，朝爸爸身邊跑去。媽媽也跟上來，三個人一起擺餐具。

沒問題的。那只是一場惡夢。

因為爸爸和媽媽的感情還是這麼好啊。所以沒問題的。我的世界沒問題。

我拚命地這樣告訴自己。

但是……

感情失和的夢中世界，和相處融洽的現實世界越來越靠近了。

3

不公平

平板上留下的一句話，讓我滿頭問號。

那是我作完惡夢的隔天早上。起床之後，為了確認自己有沒有忘記帶東西而啟動平板，結果畫面上顯示「不公平」這幾個字。

不是用打字輸入，而是用手指觸控寫下來的手寫字。我昨天有寫這些字嗎？我完全沒有印象。

我覺得毛骨悚然，但是又嚇得不敢消除。我走向客廳打算跟爸爸商量這件事，結果，媽媽罕見地在這個時候已經起床了。

「咦，媽媽。好難得喔，竟然這個時間就起床了。」

「啊……早安啊，小栞。」

一早就看到媽媽讓我覺得很開心，但媽媽的笑容顯得有些尷尬。

「小栞，那個……後來妳有睡好嗎？」

「咦？有啊。」

為什麼會這樣問呢？而且，「後來」是什麼意思？

我一臉困惑，爸爸溫柔地摸著我的頭，緩緩地說道。

「小栞，昨天怎麼會說那些話？」

我感覺到心臟揪成一團。

昨天？那些話？什麼話？我什麼都沒說啊？

媽媽接著在爸爸之後也說了我聽不懂的話。

「小栞，我們昨天不是在吵架喔，只是在談很重要的事情而已。」

吵架？總覺得有種很不好的預感。在我不知道的時候，發生了我不知道的事情。

「……重要的事，是什麼事？」

我這樣問之後，爸爸用含糊其辭的方式回答。

「啊，就是……小栞的作文上次在學校得獎不是嗎？而且馬上就是妳七歲的生日，我們想說要大肆慶祝一番。」

爸爸說完之後，媽媽跟著點頭。媽媽不會說謊，應該說她無法說謊。所以，她就算想隱瞞什麼事，也不會說謊才對。

我稍微卸下心中大石，輕輕地笑了起來。

「原來是這樣啊，好開心喔。」

「嗯。所以今天媽媽也說會早一點回家，對吧？」

「我會努力。」

「我們已經說好了吧。」

「……我沒辦法答應妳，但我會努力。」

媽媽無論如何都不會許下承諾，媽媽不會答應自己做不到的事。爸爸的表情顯得有點不滿，所以我急忙打圓場。

「沒關係啦。媽媽工作很忙，我知道。」

「……小栞，對不起喔。」

媽媽的表情充滿歉意。媽媽並不是覺得我不重要，也不是討厭我。爸爸應該很了解這一點才對。

儘管如此，爸爸看起來還是無法接受，毫不隱藏臉上不滿的表情。果然很奇怪。以前從來沒有看過他們兩個人之間，明顯氣氛這麼差。這個情景，就像我偶爾會看到的惡夢一樣……

正當我這樣想的時候，我想到一件事。

我昨天又夢到惡夢。

如果那不是夢，而是媽媽說過的平行世界呢？

我原本以為是夢境的世界。爸爸和媽媽感情有點失和的世界。我會不會是昨天晚上去了那個世界，然後沒有回到原本的世界呢？

對了，如果是這樣的話，平板上的「不公平」之謎也可以解開了。那些字會不會根本不是我寫的，而是平行世界……這個世界的我寫的呢？如果是這樣的話，到底是哪裡不公平呢？這個世界，昨天到底發生什麼事呢？這個世界的我，昨天看到什麼又說了什麼，爸爸和媽媽才會來跟我道歉呢？

這個世界的我，到底說了什麼啊？

「爸爸、媽媽，那個……我昨天有點半睡半醒，記不清楚發生什麼事了……我說了什麼嗎？」

聽到我的問題，兩人都愣住，然後一臉擔心地面面相覷，然後為了讓我安心而輕輕笑了笑。

爸爸一邊摸著我的頭一邊說。

「沒關係，不記得也無所謂。」

媽媽也接著說。

「對啊，小栞只是作了一點惡夢而已。」

惡夢。如果那是平行世界的話，對我而言現在這個世界才是惡夢。這個世界的爸爸和媽媽，感情比我那個世界的還差。雖然對這個世界的我很抱歉，但我想要趕快回到原本的世界。

如果這是一場夢，時間又是晚上，那早上醒來一切就會恢復原狀才對。

×××

吃飽飯之後，我回到房間準備上學要用的東西。

看到放在桌上的平板，再看看寫在上面的字。

不公平

看著這幾個字，腦海裡突然浮現一件事。

我想了一下。如果我在平行世界，那這個世界的我到底去了哪裡？

媽媽說會「交換」。A班的我去到B班，那B班的我就會去A班。我昨天作了惡夢。如果當時我在這個世界，那這個世界的我就會去我的世界。

既然如此……

這個世界的我，看到爸爸媽媽的感情比自己的世界更好，她會怎麼想？

應該會覺得不公平吧？

另一個我前往我的世界，看到父母關係融洽，所以在平板上寫下「不公平」三個字。然後我回到原本的世界，才會看到那些字……總覺得有種很不好的預感。

……該不會，這裡並不是平行世界？

這裡不是惡夢的夢境也不是平行世界，而是我的世界……爸爸和媽媽真的感情變差了？

昨天晚上，我和另一個我交換身分，另一個我看到爸爸媽媽感情很好。覺得很不公平。

所以另一個我，就對爸爸和媽媽說了些什麼。

因為這樣，爸爸和媽媽感情生變？

我想起之前在惡夢裡，看到感情失和的兩個人。我的爸爸媽媽也會變成那樣嗎？我不要，絕對不要！

如果是夢的話，我希望趕快醒來。如果這裡是平行世界，我想要趕快回到原本的世界。

不過，如果這裡並非平行世界……

那我到底該怎麼辦才好呢……

4

事情的關鍵，發生在我七歲生日的那天。

今年的生日比以往豪華，因為要一併慶祝我的作文在學校得獎。雖然說是豪華，但也不是去什麼高級餐廳，而是全家一起吃爸爸做的菜還有稍微大一點的蛋糕，然後得到好一點的禮物，就這樣而已。話雖如此，爸爸真的很認真準備。

我頭上戴著像公主一樣的皇冠。桌上放著一人一個的拉炮，還有滿桌的手作料理，就連冰箱裡面等著上場的蛋糕都是爸爸親手做的。非常完美的生日。

除了媽媽不在現場之外。

我們原本邊看電視邊聊天，等著媽媽回家，但時針劃過八點的時候，爸爸也開始沉默了。平常我們都是六點吃晚餐、十點就寢，所以這個時間已經很晚了。

我的肚子發出咕嚕咕嚕的聲響。

「……爸爸，我們先吃吧。」

「……媽媽一定會回家，我們再等一下好不好？」

爸爸邊說邊拿起手機，用通訊軟體打電話給媽媽。但是，響了好幾次都沒人接。剛過六點半的時候，媽媽有聯絡我們一次，說是發生意料之外的問題，所以會晚回家。但是，在那之後就音訊全無。

「媽媽工作很忙啊。我沒關係，就先吃吧？」

「……對不起啊，小栞。」

「為什麼要道歉？我肚子餓了。忍不住了，爸爸做的菜看起來好好吃耶！」

我並沒有勉強自己。如果媽媽也一起回來慶祝，當然是最好，但是工作忙也是沒辦法的事情啊。我不能給媽媽添麻煩。反正等假日的時候，我就可以盡情跟媽媽撒嬌。

「……小栞說得對，我們先吃吧。那在吃飯之前……」

總算露出笑容的爸爸，拿出兩個拉炮，同時握住兩條拉繩。

「我就連媽媽的份一起……小栞，祝妳生日快樂，恭喜妳作文得獎！」

砰砰……拉炮發出清脆的聲音。

×××

夜晚。

比平常稍微晚睡的我，因為聽到客廳傳來聲響而醒來。

我有種不好的預感。蓋著棉被摀住耳朵繼續睡，一定會比較好。

這我都知道。明明知道，我還是悄悄下床，躡手躡腳地靠近客廳。

我能清楚地聽見爸爸和媽媽的聲音。

「今天是什麼日子，妳沒忘記吧？」

「我記得啊。」

「妳不是答應我會早點回來嗎？」

「……我覺得很抱歉。對不起。但是，我應該沒有答應你。」

「問題不在這裡吧！」

我從未聽過爸爸的怒吼聲。我就像自己被罵一樣，渾身一震。

「不要這麼大聲，小栞會被吵醒。」

「……如果妳能說出這種像媽媽的話，那就早點回家啊。」

「我也想啊。但是，發生了只有我才能解決的問題。」

面對爸爸顫抖的聲音，媽媽還是冷靜地回應。媽媽談到工作的時候，口吻就像男人一樣。媽媽現在這種說話的態度，爸爸一定不喜歡。

「……對妳來說，到底是工作重要還是女兒重要？」

這是……

爸爸的這句話我聽過。

「為什麼我一定要回答這種無聊的問題？」

媽媽的回答我也聽過。我對現在的對話有印象，我在惡夢裡聽過。爸爸和媽媽感情失和，平行世界的我們家就是這樣……

我不想再聽下去，決定回到自己的房間。我家也變成平行世界那樣了嗎？還是這裡其實是平行世界？我已經搞不清楚有什麼差別了。如果這裡是平行世界就好了。如果醒來之後，一切都恢復原狀，爸爸和媽媽感情依然很好就好了……

我帶著祈禱般的心情閉上眼睛，在腦海中不斷重複「恢復原狀、恢復原狀」，不知不覺就睡著了。

一個月後，爸爸對我說：「我們兩個一起生活吧。」

×××

「小栞，和爸爸一起生活吧。」

不知道為什麼，我竟然能理解爸爸在說什麼。

爸爸終於受不了了。受不了這種家庭型態。

要是我當初站在爸爸的立場，一起抱怨媽媽，說不定就不至於走到這一步。爸爸一定覺得自己在這個家裡孤軍奮戰。

那個生日宴之後，我好幾次偷偷在深夜聽爸爸媽媽對話。總覺得隔天早上爸爸對我說「早安」的表情，漸漸有種放棄的感覺。

「爸爸和媽媽啊，想要分開生活一段時間。我們沒有感情不好喔，只是有些無法解決的問題。」

爸爸努力擠出笑容這樣說。我明明知道，爸爸是在強顏歡笑。

媽媽什麼都沒說，像往常一樣一臉淡漠地坐在沙發上。雖然對爸爸很抱歉，但我覺得媽媽好帥氣。

「因為媽媽很忙，沒辦法幫小栞做飯，所以小栞就跟爸爸走吧。」

不公平。爸爸這樣說，我要怎麼拒絕。我喜歡專注工作的媽媽，所以不想給媽媽添麻煩。爸爸這樣說的話，我不就只能點頭了嗎？

「當然，不是以後都不能見面。小栞想媽媽的時候，隨時都可以去找媽媽，只是我們會住比較遠。」

爸爸說得輕描淡寫，但我覺得不可能。雖然說想見就可以見，但絕對不是我說了算吧。

「我覺得這樣不公平，所以我也要說幾句。」

原本默默在旁邊聽的媽媽，第一次開口說話。

「我工作的確很忙，沒辦法像爸爸那樣照顧小栞。但是，我也可以請人做家務，重要的是小栞想怎麼做。」

「這種事情不應該讓小孩做選擇。」

「為什麼？小栞也是獨立的個體。她這麼聰明，應該能選擇自己想怎麼做。」

「這樣就是大人放棄自己的職責。我們做的決定，應該要由我們負責。」

「我認為自己的人生，應該要自己負責。當然，我不是要把所有責任都推給小栞，但是為了小栞好，應該要尊重她的意見。」

我覺得爸爸和媽媽說的都沒有錯。

我到底該怎麼辦才好呢？

爸爸和媽媽我都喜歡。爸爸總是陪在我身邊照顧我，和我一起玩。雖然和媽媽相處的時間不多，但是休假的時候會讓我坐在她的膝蓋上，教我很難的東西。我最期待那段和媽媽待在一起的時間了。爸爸和媽媽各自用自己的方式愛著我。

所以，我沒辦法選。沒辦法選邊站。

看到遲遲無法抉擇的我，爸爸這樣說道。

「如果和媽媽一起生活，雖然是陌生人做飯給妳吃，但可以像以前一樣住在這個家。如果和爸爸一起生活就必須搬家，但是離這裡不遠喔，走路可以到，也不用轉學。」

無論哪一種方式，都各有好壞。但是，不用轉學的確讓我比較安心，因為我以為要去到很遠的地方。不過，這樣我更不知道要選哪一邊了。如果要搬到外縣市，那我就可以用這個理由選擇媽媽。

乾脆就隨便選吧……

隨便……我已經有點自暴自棄。在我開口要叫爸爸或媽媽的瞬間……

不行！

……我聽到心靈深處傳來這個聲音。

我心裡突然浮現一個想法。我真正的想法。

「……我不要。」

「咦？」

脫口而出之後，剩下的全靠氣勢。

「我不要！我才不要爸爸和媽媽分開住！為什麼要說這種話？我喜歡爸爸也喜歡媽媽！我想要大家住在一起！」

我再也忍不住了，有生以來，第一次對爸爸大吼。連我自己都很驚訝，覺得自己都不像自己了。但是，我無法壓抑，彷彿身體裡有另一個我在吶喊。

「媽媽晚回家也沒關係！她早上都會跟我說早安啊！放假的時候也會教我很多東西！我一點也不生氣啊！爸爸為什麼要生氣呢？」

爸爸一臉震驚地看著我。他一定很驚訝，因為我完全知道爸爸生氣的理由。

「小棻……」

我放聲大哭，爸爸苦惱地摸了摸我的頭。

此時，媽媽冷靜地開口。

「……我把事情都交給你打理，小棻也都是你在照顧，我很抱歉。但是，那是因為我覺得這樣對小棻最好。」

「對小栞最好？」

「嗯。我的研究在不久的將來會改變人類的日常生活，這個世界一定會陷入混亂。但是，我只要一點一點慢慢教小栞，她就能第一時間適應這個嶄新的世界。」

媽媽說的話，我無法完全理解。但是，我知道媽媽晚歸、教我那些困難的東西，其實都是為了我。爸爸一定也能理解。

「所以，我需要你幫忙。我也會……盡量努力。」

媽媽難得說話像個孩子一樣。聽到這句話，原本還在逞強的爸爸，表情也變得和緩。

「……妳的工作真的很不得了呢。」

「嗯，我也覺得很不得了。」

然後，爸爸終於輕輕笑了起來。

「啊哈哈……跟妳這樣的人當夫妻，我也得做好萬全準備才行啊。」

原本冰冷的氣氛，漸漸變得溫暖。

「小栞，對不起。我們還是像以前一樣，三個人一起生活吧。」

「嗯！」

我開心到不自覺大聲喊出來。

與此同時，我也感覺到心靈深處有人低聲說。

太好了。

×××

在那之後，爸爸和媽媽就沒有繼續吵架了。

某天，我突然想起那件事，決定問問媽媽。

「媽媽，我有事情問妳。放暑假之前……我的平板上，寫著我沒有印象的字。」

「喔？上面寫什麼？」

「這個嘛……是秘密。但我在想，那會不會是平行世界的我寫的呢？」

「有可能喔。平行移動幾乎都在不知不覺中發生，所以可能性很高喔。」

「這樣啊。」

平行移動……指的是和平行世界的自己交換。既然如此，那寫字的應該就是平行世界的我，看到我父母的情況之後寫下來的吧。

從那之後，我就沒有再作惡夢了。那個世界的爸爸和媽媽最後變得怎麼樣了呢？還是離婚了嗎？如果是這樣的話，那個世界的我，到底會選擇哪一邊呢……

我一直很在意「不公平」這句話。還有，爸爸和媽媽差點離婚的時候，我心裡出現的「不行」、「太好了」的聲音，那到底是誰說的話呢？

「媽媽，我們有可能聽見平行世界的自己的聲音嗎？」

「咦？」

「就是啊，該怎麼說呢……我曾經在腦海裡聽見某個聲音。是我的聲音。也有可能是我自己的想法，但總覺得不對。」

「這樣啊……」

媽媽把手抵在嘴巴上，一臉認真地思考。

「平行移動時的虛質轉移應該不會出現必然的時間差，所以照理說不會有這種情形才對……不對，或許有可能產生類似虛質殘響的東西？不，在無條件去位的領域中也有可能產生共鳴的現象……」

媽媽自言自語一段時間之後，才回過神來看著我，一臉苦惱的樣子搔了搔頭。

「那個……應該是說，不能完全否定可能性。」

媽媽說出很符合她風格的答案。

「那我也可以和平行世界的我對話嗎？」

「這個嘛……要研究看看才知道……不過實際上應該很難。而且，我覺得不要嘗試比較好，這有可能會引發某種完形崩壞。」

「完形？」

「啊，就是……有可能會搞不清楚自己究竟是誰。」

「這樣啊……這樣很恐怖耶。」

「對啊。不過，妳怎麼會問這種問題？」

我沒辦法說出所有實情。我不想說，也沒必要說。所以，我在不說謊的前提下，慎重地選擇可以說的部分。

「就是啊，我之前經常作惡夢，我在想那說不定是平行世界的我。如果是這樣的話，我就想知道她現在過得怎麼樣，有沒有發生什麼事……」

「這樣啊……照理說人不會頻繁平行移動到讓妳馬上察覺出不同的平行世界，反而有很多人一輩子都沒有經歷過一次才對。所以妳說的情況，很有可能只是單純的夢境。」

「咦？是這樣啊……」

真的是這樣嗎？如果只是單純的夢境，醒來之後應該會漸漸淡忘才對。但是那個世界的記憶，未免也太鮮明了。

「不過，對了……小栞如果無論如何都想和那個世界的自己對話……或許可以試試看交換日記。」

「交換日記嗎？」

「對。用平板或者筆記本都可以。小栞先寫，寫好之後翻開下一頁，這樣發生平行移動的時候，從其他世界來到這裡的小栞，看到筆記本有可能會接著寫下去。」

原來如此。我覺得這是一個很棒的方法。

我很想對當時在自己心裡聽見的聲音道謝。如果沒有那個聲音，我的父母可能已經離婚了。

「嗯！我要寫交換日記！」

「是嗎？那就試試看吧！」

媽媽摸了摸我的頭。我站起身，跑向正在做飯的爸爸身邊。

「爸爸！我要買筆記本！」

「筆記本？好啊，上課要用的嗎？」

「才～不～是！我要寫日記！」

「日記？為什麼突然又要……」

廚房的平底鍋滋滋作響，飄出陣陣香氣。

爸爸就在我眼前。媽媽在我身後。

我現在很幸福喔。

妳呢？

栞的日記

8月1日

我從今天開始寫日記。

妳好，我的名字是今留栞。

妳的名字也一樣嗎？

我現在很幸福，爸爸和媽媽感情很好。

妳呢？

當時在我的平板上寫「不公平」的人是妳嗎？

妳的爸爸和媽媽感情好嗎？

還有，我的爸爸和媽媽差點離婚的時候，是妳對我說「不行」嗎？

如果是的話，我想向妳道謝。

妳現在幸福嗎？

如果妳過得不幸福，我能幫妳什麼嗎？
期待妳的回覆。

栞

第二章　少年期

1

陽光炙熱的午後。

我一邊用手帕擦著額頭上的汗，一邊進入公園。

我從早上就在各個公園巡視，這裡已經是今天的第五個公園了。從放暑假開始，我每兩天就會巡視各個公園一次，但是目前都沒有遇到我視為目標的狀況。是說，我當然也知道最好不要遇到。

最近每天都好熱，而且還熱得理所當然。現在是一整天之中最熱的時候，氣溫應該已經超過三十五度了吧。幾乎沒有人在公園玩耍，但是，這種時候就越有可能遇到。有機會。

我一邊東張西望一邊在公園裡閒晃，發現紫藤花架下的長椅上躺著一個人。看上去是二十歲左右的男性，身上穿著我經常看到的宅配公司制服，帽子放在胸口。紫藤花架附近，停著一台宅配公司的腳踏車，腳踏車後座有鎮上常見的宅配箱。他應該是騎著這台腳踏車送貨的人吧。

這個人為什麼會睡在這裡呢？

送貨員的工作還真是辛苦。在這種酷熱的天氣下，騎腳踏車在鎮上東奔西跑，真的是很累。

該不會是？該不會是我想的那樣吧？

我鼓起勇氣，靠近那名送貨員，然後開口搭話。

「那個……請問……」

男人沒有反應。是我聲音太小了嗎？還是他睡得很熟？還是……

我試著再走近一步，稍微提高一點音量。

「請問，你還好嗎？」

「……咦？」

送貨員張開眼睛，往我的方向看。

我們視線交會。我眨了眨眼睛。

「呃……什麼？」

送貨員一臉不可思議地歪著頭。啊，不是我想的那樣嗎？

「那個……因為今天很熱，我想說你會不會是因為中暑昏倒了。」

「啊……啊啊，不是不是！不是的，我只是稍微休息一下。」

「啊，這樣啊。」

我鬆了一口氣，同時也覺得有點不好意思。本來心想他會不會覺得我是個怪人……不過看來是我多慮了。送貨員坐起身，露出溫柔的笑容。

「妳是在擔心我吧？謝謝妳。」

「啊，不客氣……」

對我這個小孩也非常客氣，真是個好人。他這麼有禮貌，反而讓我覺得有點心虛。因為我是真的擔心，但是又有一點遺憾。

我含糊地朝送貨員行個禮就離開公園了。這裡也失敗，那接下來要去哪裡呢？是說，天氣這麼熱，還是回家好了……

×××

十四歲，國中二年級的暑假。

我為了幫助有困難的人，幾乎每天都在鎮上巡邏順便散步。

這是爸爸教我的，他希望我成為一個幫助他人又不求回報的人。為了實踐爸爸的教誨，我每天都在尋找有困難的人。

但是，當我真的開始尋找，才發現幾乎沒人有困難。我本來以為應該會馬上發現搬重物的老奶奶之類的人，結果閒晃整個禮拜都沒有找到這樣的人。當然，沒有人遇到困難是最好的。我都知道，可是……

我一旦投入，就會看不見其他事物。國小的通知單上，老師經常會這樣寫。沒辦法啊，因為我有想做的事情。

再去一個點吧。如果還是失敗，就回家吃冰吧。

下定決心之後，我前往最後一個公園。

灼熱的公園裡果然沒半個人影。但是，沙坑那裡有個小女孩，應該五、六歲吧。她一個人邊哭邊挖沙子，我不禁衝上前。

「午安，妳怎麼了？」

「……媽媽買給我的，戒指，不見了。」

她一邊說，一邊用小小的手撥開沙子。也就是說，戒指掉在沙坑裡面了嗎？我想應該不是什麼很貴的戒指才對。

「在這裡弄丟的嗎？」

「嗯……明明剛才都還在……」

「這樣啊，那我也一起幫忙找吧。」

「真的嗎？大姐姐，謝謝妳！」

我坐在沙坑裡。小女孩前面的沙坑被反覆挖過，所以沙子呈現黑色，但是後方的沙看起來沒有被動過，看起來乾燥偏白。

「妳沒有找過這裡嗎？」

「有啊，我一開始就找過了，但是沒有找到。」

「……這樣啊。」

聽到小女孩的回答，我便從這一區開始找。

「大姐姐？那裡我已經找過了啊！」

「嗯，我知道，不過說不定就在這裡。」

我有一個想法。這孩子雖然說找過了，但明顯沒有翻動過的痕跡。有可能只是單純搞錯，但也有可能是……

我的指尖傳來某種東西的觸感。我慎重地摸索，然後把摸到的東西捏起來。

「啊！」

「呵呵。妳看，找到了。」

沙子裡埋著鍍了一層金屬並且鑲嵌玻璃珠的漂亮玩具戒指。

「好厲害！為什麼?!我明明剛才找過那裡！」

小女孩歡天喜地，但是一臉不可思議地睜大眼睛。我以前也經常碰到這種事情。

這孩子大概有一瞬間平行移動了吧。

她一定是在平行世界找過這一區。有幾秒鐘的時間移動到平行世界，然後在那個世界找過這一區。但是那個世界的小女孩，並沒有把戒指掉在這裡。因為在不知不覺中就回到原本的世界，所以一直認為自己已經找過了。根據媽媽的研究發現，幼兒發生這種平行移動的頻率很高。

「給妳。找到戒指真是太好了呢。」

「嗯！大姐姐，謝謝妳！」

「要確實洗手喔！」

「好……」

我們兩個人一起在公園的洗手台把手洗乾淨，然後才分道揚鑣。小女孩一直活力充沛地對我揮手。

「啊……」

我這才終於想起來。我的目的。

沒錯。我想幫助別人。但是，不只幫助人這麼簡單而已。幫助人之後，我還有一件想做的事。

不過，要完成這件事，對方必須問我叫什麼名字才行。

被幫助的人問「那個，請問您的大名是？」我就可以回答「區區小事不足掛齒」然後瀟灑離開。這就是我的目的。這才是「不求回報地幫助別人」吧。

可是……如果是年紀那麼小的孩子就真的沒辦法了。

雖然沒有達成最終目的，但想到那個小女孩開心的笑容，我也帶著好心情回家。啊啊，好熱啊。今天的冰淇淋一定很美味。

×××

……爸爸聽完我的故事，目瞪口呆地嘆了一口氣。

「我說小栞啊……想要幫助別人也不用刻意尋找有困難的人啊……」

「是喔～」

我對爸爸的反應感到不滿，把漢堡排切塊送進嘴裡當作抗議。在我身邊用玻璃杯喝紅酒的媽媽笑了笑。

「我還在想妳為什麼每天都出門散步，原來是在做這種事啊。」

「因為爸爸他……」

「嘴巴裡有東西的時候不可以講話。」

說得也是。被爸爸罵之後，我乖乖專注咀嚼食物。

今天是全家人一起到市內餐廳吃晚餐的日子。雖然是在外面吃晚餐，但也不是去什麼高級餐廳，不過只要一家三口能一起出門我就很高興了。

「小栞這種個性就是像到媽媽了。」

「像我？是嗎？」

「對啊，妳以前也常常突然做一些奇怪的事情。」

「咦？媽媽以前嗎？我想聽、我想聽！」

爸爸和媽媽是大學時相遇，後來交往並結婚的。媽媽不太說自己學生時代的事情，所以這可是很寶貴的機會。

「不用講那麼多啦～」

「哈哈……抱歉啊，小栞。」

被媽媽瞪了一眼，爸爸就舉起雙手投降。喝了酒的媽媽有點恐怖。

「真是的，爸爸好沒用。」

我嘟起嘴巴。當然，我不是認真的。爸爸也知道，所以跟著笑了起來。能夠像這樣隨意開玩笑，我覺得非常幸福，因為當初只要走錯一步，我的父母或許就已經離婚了。

克服七歲時家庭的種種疙瘩之後，我們過得非常圓滿。

然後在我十歲的時候，媽媽在德國某個很厲害的研討會上發表自己的研究成果。研究平行世界的「虛質科學」這門學問，在之後的三年期間獲得全世界肯定。現在就連一般國中也會教簡單的概念，九州大學等教育機構也從今年開始在理學院設立虛質科學系。

發表研究後的三年期間，媽媽比以前更忙，不回家的日子也越來越多。但是，我和爸爸都能理解，兩個人靜靜等待媽媽的工作告一段落。不知道是不是終於得到回報，媽媽平安脫離最繁忙的時期，現在比以前更常在家，像這樣全家一起外食的次數也變多了。

吃完飯之後，媽媽一邊吃甜點一邊談起工作的事。

「下個禮拜我要到豐後大野出差一星期左右。」

豐後大野位於大分縣西南方，從大分市區搭電車大約需要一個小時，有部分鄉鎮與宮崎縣相鄰。其實，我對這個地方的印象只有「很鄉下」而已。

「豐後大野？好難得喔，妳要通勤嗎？」

「不，每天搭車往返兩個小時，我沒辦法，太浪費時間了。那裡的末班車也很早……所以我打算在那裡住一個星期，可以吧？」

「既然是工作就沒辦法了。小栞也沒意見吧？」

「嗯。」

「那好。抱歉，這段時間就拜託你們兩個看家了。」

這次我反而對媽媽開玩笑。

「沒關係啦，我們已經習慣了。」

「哼。」

媽媽一臉彆扭，爸爸則是露出苦笑。

「真是的，小栞，不可以說這種壞心眼的話。」

「好啦……對不起。」

我很喜歡這種對話，一個不小心就邊吃邊說話了。

×××

離開餐廳的時候已經是晚上九點，不知道是不是因為今天是週末，街上有點熱鬧。路上行人的聲音，比平常更大聲，應該也有很多人喝了酒吧。今天爸爸和媽媽都喝了一點酒，所以沒辦法開車，於是我們一家三口，花三十分鐘慢慢走回家。

途中，經過一個很大的十字路口，國道一九七號線和縣道五一一號線交會的昭和十字路口。這個十字路口的四個角落都有統一設計的廣場，據說在日本很罕見。每個廣場偶爾會舉辦活動，現在是市民的休閒好去處。

我們等信號轉成綠燈，走過斑馬線，漸漸靠近西南方的廣場。

我一抬頭，廣場上的銅像映入眼簾，經過這裡的時候都會看到這座穿緊身衣的女人銅像。

看到銅像的瞬間，我突然失去意識。

×××

醒來之後，我已經在醫院。

「……這裡是，哪裡？」

陌生的天花板。我無法理解自己現在的狀況，不禁脫口而出，下一個瞬間爸爸和媽媽就出現在視線範圍裡。

「小栞！妳醒了？」

「爸爸……」

「沒事吧？有沒有哪裡覺得痛？」

「媽媽……嗯，我沒事……我剛才怎麼了？」

「妳不記得了嗎？我們吃完飯回家的路上，妳突然在十字路口昏倒了。」

「十字路口……」

我模模糊糊地想起來。十字路口。斑馬線。行人的聲音、車燈、穿緊身衣的女人。然後，還有剎車聲和喇叭聲……

「……我被車撞了嗎？」

「咦？沒有啊，醫生說妳可能是中暑了。」

「中暑……」

是這樣嗎？但我的確是看到車子……嗯？有嗎？剎車聲和喇叭聲……我有聽到這些聲音嗎……我不知道。是我搞錯了嗎？記憶混淆了嗎？

「是爸爸抱著妳衝到附近的醫院喔。關鍵時刻，爸爸還真是可靠。」

「這樣啊……爸爸，謝謝你。」

「這是應該的啊。比起這個，小栞真的沒事嗎？身體怎麼樣？」

「嗯，我真的沒事。」

我看著一臉擔心的爸爸露出笑容。我並沒有逞強，我的身體真的沒有任何異常。

「這樣啊，那我請醫生過來看看。」

爸爸按下病床呼叫器，告訴院方我已經恢復意識。雖然搞不太清楚是怎麼回事，但是對於給大家添麻煩，我覺得很抱歉。

醫生很快就來做了簡單的診療，然後告訴我們已經沒事，可以回家了。醫生叮囑我待在陰涼的地方，然後多喝水。我真的是中暑嗎？晚上的確是很濕熱沒錯。

×××

之後的幾天，我一直因為不可思議的現象感到困擾。

因為短暫平行移動的頻率明顯增加了。

一般來說，能清楚發現差異的平行移動很少發生，大多數人一輩子都沒碰過一次。據推測，即便是體質容易平行移動的人，頂多也是一個月一次。

然而，我現在頻率高的時候，一天會移動好幾次。有時候，我甚至會移動到從未去過的遙遠平行世界。

我沒有去醫院，而是到媽媽的研究所接受詳細的檢查。

「小栞的肉體和虛質之間的連結，好像變得比較弱。」

在研究所的其中一個房間裡，媽媽說出這句話。

「肉體和虛質的連結？」

「嗯。這個世界的萬物，都是由肉眼可見的物質和看不見的虛質組成。物質和虛質連結，才組成這個世界。用更簡單的方式來說，妳可以想成是肉體和靈魂的概念，然後……」

媽媽把右手疊在左手上。

「一般來說，物質和虛質會像這樣緊密連結，但是……」

媽媽接著把交疊的雙手錯開，然後漸漸分離。

「物質和虛質也會像這樣錯開。此時，平行世界的自己和虛質交換，就產生平行移動的現象。」

媽媽把手掌朝向我，所以我也把自己的手掌貼上去。這就是所謂的平行移動嗎？

「本來，因為虛質會緊密結合，所以很少發生平行移動的現象。但是就檢查結果來看，小栞的虛質很不穩定。這是天生的，還是在那個十字路口受到電磁波等外力干擾……需要詳細調查才能知道。」

對於這個原因不明的現象，媽媽難得看起來不太冷靜。

「如果真的是這樣，我想立刻展開詳細調查，但是去豐後大野的事情無法取消……可是我也不能放著妳不管……啊，真是的，為什麼在這種時候出現麻煩的工作啊！」

「媽媽，妳冷靜一點。」

陪著我一起來的爸爸安撫著焦躁的媽媽，媽媽則像是洩了氣的皮球一樣，一臉反省貌。

「出差的事情無論如何都無法取消對吧？」

「應該也不是不行……雖然我不清楚，不過是高層的人委託，研究所的贊助人交代我要親自去。這件事我已經答應，如果取消可能會讓公司惹上麻煩……」

「原來如此，那這樣吧。」

爸爸輕而易舉地解決了媽媽擔心的事情。

「我們大家一起去就好了。」

「咦？」

「幸好現在放暑假，既然如此就當作我們一家三口去度假，在豐後大野的大自然中，輕鬆度過一個星期。」

也就是說，當作是暑假的小旅行。我覺得這個提議非常好。當然，媽媽有工作要做，沒辦法放鬆度假，但我們一起去的話，應該就能減輕很多負擔了吧。

「如果住在出差地點附近的飯店或旅館，小栞有什麼萬一的時候就能馬上趕過去對吧？在媽媽出差結束之前，我們就在那裡生活。」

「這樣我當然好……但是可以嗎？時間、預算都沒問題嗎？」

「託媽媽的福，金錢上還有餘裕。時間的話，當然是全家人一起度過最重要吧？」

「我也贊成！我想要全家一起去！」

媽媽難得顯得猶豫，不過她根本不用這麼見外，全家人一起在陌生的地方住一個星期，感覺會很好玩！「嗯……既然你們都這樣說了，那我就恭敬不如從命。」

「太好了！」

我不禁開心得跳了起來。

就這樣，我們一家人決定在豐後大野度過暑假中的一個星期。而且……

我在那裡遇見命中注定的人。

2

我喜歡騎腳踏車。

迎面吹來的風很舒服，在腳踏車上找平衡很有趣，而且輕輕鬆鬆就能去到很遠的地方，感覺自己的世界漸漸擴大的感覺很好。

在陌生的地方、陌生的道路奔馳，真是太棒了。毫無目的地騎著腳踏車出發，隨便就能騎一、兩個小時。去年生日的時候，父母甚至買了長時間騎乘也不會屁股疼的腳踏車座給我當禮物。

我們全家昨天入住豐後大野市豐後重町站前的飯店。明明是鄉下，不對，應該正因為是鄉下，用划算的價格就能住到空間寬敞的房間。

媽媽馬上就開始工作，一大早就搭上來接送的車出發了。

爸爸有問我要不要租車一起到附近觀光，但我想說難得來一趟，還是騎腳踏車比較吸引我。我還特地帶了自己的腳踏車座。

所以我請爸爸帶我到租腳踏車的店，租了有電動輔助的公路車，租滿一整個星期，這樣就可以在我想出發的時候騎去任何地方。

第一天，我決定先從寬廣的公路開始騎。沿著五〇二號線騎就會抵達一個名為穗尾付的小鎮，稍微再往裡面走一點，據說有一個很漂亮的瀑布，素有東方的尼加拉瓜大瀑布之稱。今天就把這座瀑布當作目的地。距離大概有十五公里，就算慢慢騎也不用一個小時。在陌生的土地上，這樣算是剛剛好的距離吧。

因此，我現在就站在瀑布的岸邊，任由寬一百二十公尺、高二十公尺的瀑布水花濺在臉頰上。

說實話，水量不如我想像的大，但是，瀑布本身就很讓我驚訝了。我一直覺得瀑布只會隱藏在深山裡，然而這座瀑布突然出現在田園風景的正中央。在看到瀑布的五秒鐘之前，我還很懷疑這裡是不是真的有瀑布。

充分享受這個堪稱奇景的景觀之後，我在旁邊的休息站吃了一點輕食和冰淇淋。名產大分柑橘口味的冰淇淋，甜中帶著清爽的香氣還有一點微酸，真的是非常美味。

我還想去更遠的地方，但畢竟是陌生的地方，為防萬一今天還是到此為止好了。腳踏車趁休息時充飽電，我沿著來時的道路折返。五〇二號線的車潮很少，騎腳踏車非常舒適。

騎不到五分鐘，從公路上拐進一條馬路的地方，就可以看到一棟巨大的建築物。騎來的時候也有瞥見這棟氣派的建築物，但是停車場拉起鐵鍊，感覺裡面沒有人進出。因為沒有髒亂，所以看起來也不像廢墟，難道是今天休息嗎？到底是什麼建築物呢？

我實在太想知道，便騎向那棟建築物。隨便找個地方停好車，靠近入口處的看板。看板上的文字已經剝落，但是從上面的痕跡看得出來寫著某某醫院。原來這裡本來是醫院啊。

關閉之後不知道經過多久。這麼氣派的醫院，為什麼會關閉呢？不過，建築物本身還保持得很漂亮，現在應該已經挪作他用了吧。現在是用在什麼地方呢……我一邊想著這個問題，一邊朝裡面走去。

結果，發現建築物後方和倉庫形成的狹窄縫隙裡，有個小女孩蹲在那裡。

在我想著這有可能是幫助別人的機會之前，身體就擅自動了起來。

「妳還好嗎?!」

今天也很熱，她說不定是中暑了。啊，要是這裡還是醫院就好了……我心裡這樣想，然後一邊奔向小女孩。小女孩發現我，嚇了一跳似地抬起頭，然後一臉焦急地伸出食指。

「噓！」

「……咦？」

我不知道發生什麼事，所以不知所措，就在這個時候發現另一個腳步聲漸漸靠近。一回頭，發現有一個小學低年級的男孩子。

「啊!!找到了！」

「啊！真是的！」

小女孩嘟著嘴巴抬頭看我。男孩說：「妳也變鬼了！剩下三個人！」然後就啪噠啪噠地跑走了。

「……你們該不會是在玩躲貓貓吧？」

「對啊！大姐姐害我被找到了啦！」

這還真是大失敗。我老實地低頭反省。

「對不起……」

「……我原諒妳，但是大姐姐也要當鬼！」

「咦？」

「還有三個人！大姐姐去那邊找！」

「呃……等等，等一下……」

我還沒回答，小女孩就已經跑走了。怎麼會這樣，不知不覺就變鬼了。把初次見面的陌生人硬拖進來玩遊戲，小孩子還真是厲害啊……不對，我也還是個孩子啊。

我就這樣，開始找那些躲起來的小孩。他們剛才說還剩三個人，但是在這麼大的地方找，還真是累人。那些孩子該不會溜進建築物裡了吧？如果是這樣的話，我身為年長的姐姐是不是應該提醒他們啊……

我一邊想一邊在建築物周邊閒晃。

「啊……」

後面的停車場旁，低矮的植栽陰影處，有個人倒在那裡。

不是小孩，而是個男人。因為對方趴著看不到臉，但看得出來至少不是小學生。

怎麼辦？這個人怎麼會倒在這裡呢？這次應該真的是中暑或什麼意外吧？不對，說不定是個高大的小學生，也在玩躲貓貓？

無論如何，我都無法放著不管，所以下定決心上前搭話。

「那個……」

「……被發現了啊？」

聽到我的聲音，男人撐起身體轉向我。果然不是小學生。再怎麼年輕也是高中生或大學生，至少年紀比我大。不過，他說「被發現了」，表示這個人也在玩躲貓貓。

男人看到我之後，顯得一臉驚訝。雖然知道被發現，但是發現他的人出乎意料。那應該是這樣吧，由以上情況推斷出的結論應該是……

「「您是家長嗎？」」

我和男人異口同聲。我以為他是那些孩子的家長，但好像不是。而且，這個人似乎也有和我一樣的想法，那這個人到底是誰？

「……咦？」

我一直盯著這個男人的臉，記憶突然受到刺激。

我好像在哪裡見過這個人……

我們視線交會。我眨了眨眼睛。

「你是……」

男人一臉不可思議的樣子歪著頭。

看到他的動作，我突然想起來了。

「……你是那個送貨員？」

他是幾天前，在公園睡覺被我吵醒的送貨員。

×××

「大哥哥、大姐姐，再見！」

孩子們活力充沛地邊揮手邊離開，我們也朝他們揮手道別。

「路上小心喔……」

「不可以再來這裡玩躲貓貓了喔……」

目送結束躲貓貓的孩子們離開，我們在附近涼亭裡的長椅並肩而坐。

「這是妳第二次救了我。謝謝妳。」

送貨員露出沉穩的微笑低頭致意。雖然說是救人，但兩次都是我搞錯，跟我道謝我也是很困擾。

「不，別這麼說……那個，你送貨到這裡來嗎？」

我想改變話題，所以隨口問了無關緊要的事情，送貨員再度露出微笑。

「啊，我不是送貨員。我中元節的時候短暫打工送貨，正職是大學生。」

他果然是大學生啊。雖然我已經預料到，但是他明白說出自己的身分之後，不知道為什麼突然看起來很成熟，讓我心臟怦怦跳。

「呃，那你……」

「我叫內海。內海進矢。」

「啊，我叫今留栞。內海先生在這裡做什麼呢？」

「因為大學的研究要調查這裡的醫院，所以就來了。結果被孩子們纏住，不知不覺就一起玩躲貓貓了。」

看樣子我們的狀況差不多，我不禁輕輕笑了起來。

「今留小姐本來在做什麼呢？」

「我……」

正打算回答的時候，我突然發現一件事。

「那個……我只是國中生。」

「這樣啊，好年輕喔。」

「……你為什麼對我說話這麼客氣？」

因為從來沒有人對我用敬語，所以我覺得很奇怪，他該不會以為我和他同年吧？

「啊，沒事，這是我的習慣，這樣說話我會比較輕鬆。如果今留小姐不介意的話，我可以繼續用敬語嗎？」

「這樣啊，我是沒關係啦。」

世界上什麼樣的人都有。

「那今留小姐怎麼會在這裡？」

我把自己的事情大概描述了一下。因為父母的工作，要住在豐後大野一個星期。

喜歡騎腳踏車。看完瀑布正要回家。好奇這棟建築物所以才會靠近。被孩子們強迫玩躲貓貓……因為內海先生一邊給予恰到好處的回應一邊傾聽，我就不知不覺一直說下去。我並不擅長和人聊天，除了父母之外，還是第一次遇到這麼好聊的人。

「也就是說，我們兩個人都被抓來玩躲貓貓了。」

「我好久沒玩了。」

「我也是。玩了一下，還是覺得很有趣啊。」

「我剛才只有當鬼，有機會也想試著躲起來呢。」

「是這樣嗎？」

內海先生稍微停頓了一下，而且有點吞吞吐吐。怎麼回事？

「我覺得以後還是不要在這裡玩比較好。」

他用捉摸不透的表情這樣說。我這才想起，剛才和孩子們道別的時候，內海先生也對大家說「不可以再來這裡玩躲貓貓了喔」。我本來以為他的意思是指不可以隨便闖進建築物裡，但有可能不是這個意思。

「為什麼？」

「這個嘛，該從哪裡開始說才好呢……」

難道有什麼複雜的原因嗎？內海先生垂下眼簾沉思了一陣子，最後才開始娓娓道來。

「我在大學研究的主題是民俗史上出現的超自然現象……簡單來說就是傳說和神秘學之類的東西。」

這還真是出乎意料，大學也有這種研究啊。

「大人禁止小孩在這一帶玩躲貓貓，是因為怕小孩被隱鬼抓走，遇到鬼隱的現象。」

「鬼隱？」

「簡單來說就是神隱。指人突然不見的現象，在這裡被稱為鬼隱。」

迎面吹來的風，讓身體瞬間充滿寒意。被鬼抓走、神隱，這個人是在嚇唬我嗎？我抱著這種想法，看著他的側臉，但看起來不像。

「有傳聞說這間醫院就是因為發生鬼隱事件才會關閉，我為了確認真相來到這裡。不過，這裡不能擅闖，所以我打算先在附近繞一圈，結果被玩躲貓貓的孩子纏上。」

然後被我找到。

「所以你才會說最好不要在這裡玩躲貓貓。」

「是啊，雖然我不覺得沒這麼容易遇到鬼隱，但是沒必要刻意冒險吧？」

內海先生一臉認真地這麼說，我接著拋出一個理所當然的疑問。

「內海先生相信鬼隱這種事嗎？」

我也對這種東西有點興趣，幽靈、超能力、ＵＦＯ、ＵＭＡ之類的。神隱現象也是其中之一。不過，這些大多只適合當作閒聊的話題，值得大人認真研究嗎？

「這不是相不相信的問題……今留小姐不相信嗎？」

「畢竟這些東西沒有科學上的……」

「科學嗎？嗯……說得也是。」

內海先生輕輕笑著回答。

「今留小姐知道長頸鹿嗎？」

「長頸鹿？脖子很長的那個？」
「沒錯沒錯，妳知道呢。」
內海先生滿意地點點頭。我是不是被當成笨蛋了？
「那請妳先忘記和長頸鹿有關的一切知識。」
「咦？你突然這樣講……我辦不到啊。」
「假裝就好。今留小姐現在不知道世界上有長頸鹿這種生物，從來沒看過也沒聽過。請妳先假裝是這樣。」
「喔，假裝就好的話……」
雖然不知道他想做什麼，不過可以先配合他。我不知道長頸鹿是什麼，沒見過也沒聽過，我什麼都不知道……
「好，今留小姐，妳聽說過長頸鹿這種動物嗎？」
「不，我不知道。」
「妳很誠實，非常好。」
內海先生微微一笑。不知道為什麼，我覺得臉頰發燙。

「其實，這個世界的某個地方有一種叫長頸鹿的生物。身體長五公尺左右，而且其中有兩公尺是脖子的長度。皮毛是黃底上面有黑色網狀紋路，跑起來時速有六十公里喔。」

……那是我本來就很熟悉的長頸鹿，但是在假裝自己不知道長頸鹿是什麼的前提下聽到這些描述，不知道為什麼突然覺得這是一個莫名其妙的生物。

「今留小姐，如果有人突然跟妳說世界上有這種生物，妳會馬上相信嗎？」

「……如果我真的不知道長頸鹿的相關知識，應該不會相信。」

「對吧。」

內海先生一臉得意地點了點頭。

「除此之外，大猩猩、獾㹢狓、鴨嘴獸等，以前都像恐龍一樣，被當成是存在於想像中的生物，被稱為ＵＭＡ。原因只有一個，那就是沒有經過確認……也就是說，單純只是因為沒有被發現而已。」

ＵＭＡ用日文來說的話，就是未經確認的生物體。雖然以前只覺得是超自然現象，但一想到那只是沒有被發現的動物，真的存在也沒什麼好奇怪的。事實上，大猩猩就是這樣被發現的。

「超自然現象也有類似的情況。地動說、相對論、量子論……這些理論當初都被當成荒唐的學說，很多人持否定意見，但現在已經變成大家都知道的常識了。」

我點點頭。雖然不清楚詳情，但這些我都聽媽媽講過。這些發現，對於貼近這個世界的真實不知道產生多大的貢獻。

「無論發生多麼超自然的現象，一定有其因果，我想要弄清楚這一點。只要說我在研究超自然現象，就經常會被誤解，但我是想從科學的角度研究超自然現象。」

內海先生侃侃而談的表情，看起來有智慧又成熟，但是又像孩子一樣眼神閃閃發光……看著他的樣子，總覺得胸口一陣悸動。我不覺得自己完全理解內海先生想追求的東西，但是，我覺得有一種可能。

結果，內海先生把我心中所想的可能說了出來。

「只要持續研究，以前大家覺得是無稽之談的東西，有可能就會變成現實。

今留小姐，妳聽過虛質科學嗎？」

何止是聽過而已。我強壓下心中的激動，好不容易才點了點頭。

「虛質科學證明過去只出現在科幻小說的平行世界就是現實。我也想做到這件事。」

原來啊。我終於明白，為什麼和內海先生聊得來了。

因為內海先生和媽媽很像。

「……抱歉，這太難懂了對吧。」

看到我什麼都沒說只是張開嘴巴，內海先生不知道是不是有什麼誤會，一臉苦惱地笑著站起身。

「聊太久了，我們回家吧。」

「咦……不，不會久！我還想和內海先生多聊一點！」

我突然脫口而出。不知道為什麼，我不想在這裡告別，以後再也見不到彼此。

「可是，妳還要騎腳踏車回到豐野重町對吧？回程是上坡，會比來的時候更花時間喔。接下來這個時間車潮也會變多，還是趕快回家比較好。」

「可是……那個，內海先生什麼時候要回大分？」

「預計後天回去。」

「那我們要不要明天約在這裡見面?!」

我突然這樣大喊。

我自己都嚇了一跳。除了爸爸媽媽之外，我還不曾對別人提出任性的要求，沒想到竟然對近乎陌生的內海先生說出這種話。但是，我無論如何都想再和內海先生多聊一點，還想跟他待在一起。

「……我是無所謂，但是妳又要騎腳踏車過來嗎？」

「沒關係！我其實很喜歡騎腳踏車，騎到這裡對我來說還太近了。明天我還想騎到竹田呢，所以騎腳踏車來這裡很快就到了。」

「是這樣嗎？」

「是啊！」

我到底為什麼要這麼拚命呢？內海先生也覺得很困惑。難道我錯了嗎？他要是覺得我很奇怪怎麼辦。他會不會想說絕對不要再和我見面啊？我不想這樣。

……內海先生溫柔地微笑，彷彿要安撫我的不安。

「那……明天在這裡見面吧。」

「好！」

承諾真的是個好東西。我發自內心這麼想。

×××

「真是的……早知道是這種事，我就不來了。」

媽媽一口氣喝掉酒杯裡的紅酒，然後在面板上點了續杯。心情不好的時候，媽媽就會這樣喝酒，我知道這種行為用大人的話來說就是「喝悶酒」。

「我是不認識什麼地方財閥，但是不合時宜也要有個限度，他們覺得有錢有權就什麼都能辦到耶。開什麼玩笑！科學可不是你們這些傢伙的工具。」

媽媽難得抱怨工作到這種地步，應該是真的很不喜歡今天的工作內容吧。

整理一下媽媽酒醉前說的話，聽起來這次的工作是這一帶的有力人士強行安排，媽媽被帶去有力人士的家裡，勉強她做了不喜歡的工作。媽媽想要抱怨，但是現場有政治家又有研究所的贊助人，在同事的勸說下，只好勉強忍下來。

現在媽媽正在怪罪自己無法反抗金錢與權勢，覺得自己很沒用，然後喝著悶酒。

有別於心情很差的媽媽，坐在對面的爸爸喝著啤酒，看上去有點開心。

「唉呀，妳的研究所也和一般公司差不多嘛，社會人士總是會碰到這種無能為力的狀況啊。」

「……你竟然這麼開心。」

「哪有？我可沒有因為看到妳難得沮喪的樣子而暗自欣喜喔。」

「哼，真是過分的老公。小栞，小栞啊，妳可千萬不能遇到這種男人喔。」

「妳怎麼這樣說，還有比我更優秀的丈夫嗎？小栞一定要找到像爸爸一樣的男人喔。」

我只能含糊地笑一笑。爸爸和媽媽一起喝酒的話，偶爾會變成這樣。當然，他們兩個都不是認真的，只是嘴上說說而已。雖然我都明白，但是這種時候我該怎麼回應，至今仍找不到答案，只能含糊地一笑置之。

總之，我決定先不提內海先生的事。我到目前為止都沒有男性朋友，如果突然說我認識一個男大學生，爸爸和媽媽一定會嚇一跳吧。

爸爸完全不知道我有這層顧慮，一邊吃著下酒菜，一邊問媽媽。

「是說，他們到底安排妳做什麼工作？」

「這個嘛……簡單來說，就是要我找到被神隱的小孩。」

我嘴裡的果汁差點噴出來。

「神隱？」

「對啊，不知道是哪個有力人士的小孩還是親戚，三年前失蹤了，然後要我找出來。」

「這是怎麼回事？這種事不是應該交給警察嗎？」

「我也這樣說啊，但是聽說警察已經放棄了。三年來用盡各種方法，但是連一點蛛絲馬跡都沒有，然後他們就找上我了。」

「為什麼？」

「按照他們的說法，這應該不是單純的失蹤，而是一種叫鬼隱的超自然現象。這種現象說不定和虛質有關。」

又出現那個單字了。鬼隱。這該不會就是內海先生在調查的事件吧？我認真豎起耳朵聽。

「小孩失蹤真的很可憐，如果有力所能及的地方，我也想幫忙，但是那些傢伙好像以為虛質科學是什麼魔法。以現況來看，應該去找通靈師或擁有超能力的人，而不是我。」

媽媽這樣說，讓我越來越覺得不安，白天內海先生問過我的問題，我反過來問媽媽。

「媽媽……妳不相信鬼隱嗎？」

我突然的提問，讓媽媽放下紅酒杯，瞬間認真起來。

「小栞，這不是相不相信的問題。」

口吻呈現工作模式的媽媽，說出和內海先生一樣的話。

「就算真的有鬼隱這種現象，目前的虛質科學也沒有適合的方式解決。因為某種理由，導致小孩失蹤的結果。小孩失蹤是物質界的現象，但是虛質科學研究的是虛質界的現象，不適用於解析物質消失的現象。」

「就像跑去蔬菜店買魚一樣。」

爸爸淺顯易懂的譬喻，讓媽媽輕輕點頭接著說下去。

「為了失蹤的小孩著想，應該選擇適合解決問題的方法，有可能可以用透視、接觸感應的方法嘗試。但是，至少以目前虛質科學的研究成果來看，沒有類似的方法。我也覺得很遺憾。」

媽媽又喝了一口紅酒。她的表情顯得很不甘心。

原來如此。

或許媽媽不高興的真正原因，其實是無法幫助失蹤的孩子，讓她覺得自己很沒用。

我也一樣。雖然我一直說要幫助有困難的人，但是眼前的媽媽十分苦惱，我卻不能為她做什麼。這讓我覺得非常不甘心，也覺得自己很沒用。

喝過頭的媽媽最後終於趴在桌上，爸爸輕輕撫摸她的頭。

為了大家，也為了那個失蹤的孩子。

我真心希望早日找到他。

3

隔天中午。

「以前穗尾付町這一區，有『八百萬鬼』的信仰。」

我在昨天那個地方，聽內海先生講民俗史。

幸好今天是陰天，不但有風，氣溫也比昨天涼爽很多。約在這裡的時候，我唯一擔心的就是熱到快要蒸發，還好沒有像昨天一樣。

「日本神道本來就有『八百萬神』的信仰，這種信仰來自相信世界萬物皆有神靈棲息。這個地方的人，不說神而稱鬼，但是他們說的鬼，不是頭上長角、穿著虎皮短褲、手持棍棒……的那種『鬼』。該怎麼說呢，就是一種概念。」

「概念？」

「沒錯，讓某種『東西』更具有存在性質的概念，也可以說是指稱更符合形象的某種『東西』本身。」

這是在繞口令嗎？我忍不住皺起眉頭。

「老師，我有問題。聽不懂。」

「說得也是，那我舉個具體的例子好了。以自然現象來說，風很大的時候就會說『風鬼來了』，那就表示『鬼風』指的是強風。以物質來說，堅硬的岩石被稱為『鬼岩』，看到很硬的岩石就會說『岩鬼附在上面』。這樣聽得懂嗎？」

「嗯。」

「那我考考妳，水流很強的河川會叫什麼？」

「呃……鬼川嗎？」

「對，沒錯。妳已經正確理解了。除此之外，連續有強烈日照的地方就會說有日照鬼，很嚴重的病叫鬼病。」

原來如此。理解之後，就會發現這是很簡單的法則。

「鬼也會依附在人的情緒上，過度發狂無法控制情緒的人，會被說是遭怒鬼、哭鬼附身，或者是『鬼火附身』。」

「鬼火附身……」

「還有，人努力朝某個目標前進的時候，也會被鬼附身。譬如孕婦就會產鬼附身，胎兒會被生鬼附身。很努力的人是努力鬼，很懶惰的人是懶惰鬼。堂堂正正的人也會被善鬼附身，囚禁在黑暗中的邪惡之心會被惡鬼附身。就像這樣，這個地方的人把一切都和鬼連結在一起。」

我點了點頭。看來我現在是被「裝懂鬼」附身了吧。既然如此，接下來他要說什麼就很好猜了。

「那我考考妳，什麼是『鬼隱』呢？」

按照剛才上課的內容推斷，答案很簡單。我很有自信地開口。

「玩躲貓貓的小孩，被『隱鬼』附身了。」

「沒錯，被隱鬼附身的小孩，呈現隱身的狀態，所以我們找不到他……這就是當地的『鬼隱』現象。」

內海先生的講解非常淺顯易懂。他的聲音柔軟溫和，讓我想繼續跟他聊一些無關緊要的話題。不過，正題從這裡開始。

「那問題來了。實際上，遇到鬼隱的小孩，物理上到底發生什麼事？我的目的就是要弄清楚這一點。」

「這種事情能弄清楚嗎？」

我坦率地這樣問，內海先生苦惱地歪著頭。

「怎麼辦才好呢……其實現在我毫無頭緒。不過，日常生活中也有視覺盲點、光的折射、蒸發現象等讓原本看得見的東西消失的現象。有可能在這種現象的作用之下，導致那個孩子在短暫無法被看見的時刻真的消失，才會一直呈現失蹤的狀態。」

我想起爸爸曾經變過一個魔術，在玻璃杯裡面放入硬幣，然後把水倒進杯裡，硬幣就不見了。會不會是在大範圍內發生這種現象呢？我不知道這是不是正確的猜想。

「又或者是有種物質叫超材料，這種物質的折射率是負數，可以讓光線朝相反的方向彎曲。不過，據說自然界沒有這種物質，所以這裡應該也不會有……」

「內海先生是為了調查這些事情才來這裡的對吧？你打算怎麼調查呢？」

「總之，要先觀察鬼隱現象發生的地方，我想可能是現場有什麼特殊物質或者構造……但是現場禁止進入呢……」

內海先生望著建築物的方向，一臉遺憾。廢棄醫院的大門，今天也冰冷地關閉著。

「這座醫院裡曾經發生鬼隱現象嗎？」

「我聽說是這樣沒錯。我雖然想要一探究竟，但也不能非法入侵。」

這種時候應該會有人選擇偷偷進去，但內海先生似乎不會做這種事。難道是因為我在，他才不敢擅闖？如果是這樣的話，那我就阻礙到內海先生了。我才不要。可是……

我想起昨天媽媽說的話。媽媽應該是和內海先生一樣，都在調查鬼隱事件。而且，媽媽是直接被當地的有力人士指派過來的。

既然如此，媽媽應該可以用正當的手段進入醫院吧？

如果是這樣的話，我去拜託媽媽，說不定就能一起進去了？

「那個……」

正當我打算向內海先生搭話的時候，有一輛車靠近醫院的停車場。那台體積大的白色車輛，我最近才見到過。

「不知道是不是這裡的人。」

內海先生也朝車輛的方向看。不是。那應該不是這裡的人。

車停在醫院入口大廳外，從駕駛座、副駕駛座和後座分別走下一個人。其中一個是我早就預料到的人物。

「內海先生，請你等我一下。」

「咦？」

我對內海先生說完，就朝車輛的方向跑去。從後座卸下各種裝備的人發現我靠近，便抬起頭。我朝那個人揮揮手。

「媽媽！」

媽媽停下手邊的動作，睜大眼睛看著我。

「小栞？妳怎麼會在這裡？」

停在那裡的車輛，是來飯店接送媽媽的那台車。我也見過車上的另外兩個人，那應該是媽媽研究所的員工。應該是為了那個工作來這裡的吧。

「我騎腳踏車過來玩。」

「喔~真是青春耶。」

「媽媽，妳接下來要進去嗎？」

「是啊。」

「我們能不能也一起進去啊？」

「我……們？」

媽媽歪著頭。我回頭朝涼亭的方向喊。

「內海先生！」

我招了招手，內海先生一臉疑惑的樣子，朝我走過來。

「媽媽，我跟妳介紹一下，這位是我在這裡認識的內海進矢先生。他說他正在調查鬼隱事件，讓我們也一起進去嘛，好不好？」

「調查鬼隱事件？」

媽媽臉上帶著防備，仔細地觀察內海先生。糟了，我沒想太多，但這樣突然介紹陌生人，媽媽會覺得奇怪也很正常。早知道會這樣，昨天就應該先說的。

正在我擔心的時候，內海先生毫不畏懼地站在媽媽面前，亮出手機的畫面開始自我介紹。

「您好，我是大分大學教育學系二年級的內海進矢。我和栞小姐昨天偶然在這裡遇到，和當地的孩子們一起玩了一會兒。」

看樣子他剛才出示的是學生證。應該是發現媽媽懷疑自己的身分，所以才出示證件吧。他刻意說和當地的小孩一起玩，應該也是在強調我們沒有做什麼虧心事。總覺得對他有點抱歉，要是我再謹慎一點就好了。

「啊，這樣啊……我女兒承蒙你照顧了。」

內海先生有禮貌的態度，讓媽媽的態度變得比較柔和。但是，內海先生不知道為什麼還是很僵硬，一臉緊張的樣子。

「那個，冒昧請教您……您該不會是佐藤紘子博士吧？」

內海先生突然正確說出媽媽的名字，讓我嚇了一大跳。我從父姓，所以姓今留，但媽媽姓佐藤。媽媽婚前就用這個姓氏發表論文，所以婚後也沒有改名。但是，內海先生為什麼會知道媽媽的名字呢？

「對，我就是佐藤弦子。」

「果然如此！我讀過您好幾篇論文，能夠見到您本人是我的榮幸。證實平行世界的存在，我認為改變了全世界。我非常尊敬您，如果可以的話，能不能和您握個手呢？」

「你太誇張了。不過，謝謝你。」

媽媽一邊苦笑一邊伸出手，內海先生也很開心地握住媽媽的手，就像見到明星的粉絲一樣。我現在才第一次感受到，媽媽是一個國際知名的科學家。

可是……媽媽這樣有點奸詐啊，竟然跟內海先生握手。

完全不管內心煩悶的我，兩人繼續對話。

「聽說你在調查鬼隱事件？」

「啊，對。我的研究主題是民俗史上的超自然現象，而且特別鎖定這一區，所以我來這裡是想看看實際上發生鬼隱現象的現場……沒想到她是佐藤博士的千金。」

「也就是說，你不是為了拉攏我才接近我女兒的。」

這個可是天大的誤會。內海先生才不是這種人！我急忙幫他辯護。

「媽媽，不是啦！我來這裡真的是偶然，而且是我先搭話的！」

「是喔。小栞妳主動啊。」

媽媽一臉意外地看著我，應該是覺得我會主動認識異性很難得吧。總覺得會被誤會，臉頰變得好燙。我不是要搭訕他。真的不是喔。

「不過，該怎麼辦才好呢。這裡是當地有力人士管理的建築物，我們是因為受對方委託，才獲准進入，本來是不能讓非相關人員進出的……」

媽媽手抵著下巴，稍微想了一下。

「……也罷，你們就進來吧。」

「所長?!這樣不好吧！」

同事急忙出聲勸阻。真的會被那些有權勢的人責備嗎？不過，媽媽冷靜地一邊揮手一邊回答。

「管他的，他們本來就強人所難，這點小事應該可以通融吧。而且，他說不定意外地能幫上忙喔。」

媽媽用看不出來是認真還是開玩笑的表情，瞄了內海先生一眼。

內海先生看起來很苦惱又誠惶誠恐的樣子。

×××

卸下裝備原地等待一陣子之後，入口大廳的門打開，裡面有人走出來。

沒想到裡面竟然有人。應該不是住在這裡才對，難道是為了今天的調查，一大早就過來了嗎？

那個人把黑色長髮梳成低包頭，和服外面罩著半身圍裙，袖子也用帶子束起來，怎麼說呢……很像老字號旅館裡面正在打掃的服務人員。不知道是不是因為打扮的關係，很難猜測年齡。要說二十出頭也可以，但如果是三十好幾似乎也成立。應該不至於才十幾歲吧。無論幾歲，這個人都長得非常漂亮。

「久等了，因為剛才在打掃，所以才穿成這樣迎接各位，真是抱歉。」

看樣子，她剛才真的在打掃。對方非常有禮貌，媽媽也友善地揮揮手。

「不必在意，我是虛質科學研究所所長佐藤絃子。雖然不知道能不能幫上忙，不過今天還請您多指教了。」

「感謝您長途跋涉來這裡一趟，我是負責管理這裡的鬼燈蓮。」

鬼燈小姐深深一鞠躬。她姓鬼燈，發音和這個小鎮穗尾付町一樣，該不會有什麼關聯吧。

其他兩位同事也結束自我介紹之後，鬼燈小姐的視線理所當然地轉向我們。媽媽打算怎麼說明我們的身分呢？

「這個年輕人是我的私人助理，她是我女兒。你們兩個自己自我介紹。」

「啊……是、好的。我是大分大學教育學系二年級的內海進矢。」

「啊，我是……佐藤栞。」

我想說用今留這個姓氏，又要解釋為什麼和媽媽不同姓，所以就改用媽媽的姓氏。佐藤栞。意外地很搭。

媽媽一邊拍我的肩膀，一邊詢問鬼燈小姐。

「為了讓她以後當作學習參考，能不能讓她在旁邊見習？」

「這樣啊，可以啊。」

鬼燈小姐意外地露出溫柔的微笑，然後輕輕點頭。什麼啊，沒想到這麼輕鬆就能進去，我反而有點失落。

「那我們就趕快出發吧。」

「是，請往這裡走。啊，需要幫忙嗎？」

搬運設備的推車總共有三輛，鬼燈小姐把手伸向其中一輛，但媽媽阻止了。

「不用，沒關係的。內海同學，這就拜託你了。」

「啊，是。」

媽媽一副理所當然的樣子指示內海先生。我本來以為媽媽只是為了省事才說他是助理，看樣子是真的打算把他當助理使喚了。說不定媽媽覺得有年輕男生在正好呢。哼。

「這些都是很昂貴的設備，千萬不要撞到。」

「我知道了。」

內海先生非常聽話，這就表示他真的很尊敬媽媽吧。身為她的女兒，我覺得很驕傲。不過，我總覺得胸口從剛才開始就很悶，到底是為什麼呢？

在鬼燈小姐的引導下，我們來到醫院中庭的位置。這裡有整排的觀葉植物和長椅，可以想像以前醫院營業的時候，這裡會有患者進出，是個休息的好地方。不過，現在已經被後來加上的伸縮式柵欄圍住，嚴格禁止進出。

鬼燈小姐在面板上操作之後，柵欄的自動鎖才解除。接著，拉開把手之後，柵欄就沿著軌道敞開，設備才能從這個開口搬進去。中庭深處的角落，有一欉正紅色的鬼燈草，在這片紅色的正中央，有一個和我身高差不多的祠堂。

「這裡就是發生鬼隱現象的地方。」

鬼燈小姐指向祠堂這樣說。祠堂有雙開式的門，如果是小學生應該能進得去。孩子是在祠堂玩躲貓貓，然後消失的嗎？

媽媽試圖靠近祠堂時，鬼燈小姐用手阻攔。

「麻煩您盡量不要靠近。」

「……那能不能把祠堂的門打開？」

「非常抱歉，上頭交代不能打開。」

「唉呀，可是人家要我調查這座祠堂耶……不能開門，也不能靠近啊。那孩子現在該不會還在裡面吧？」

聽到媽媽這麼說，我不禁開始想像。鬼隱現象是在三年前發生的。三年前在這裡消失的孩子，在那之後如果一直在這座祠堂裡……總覺得有一股寒意，我不禁渾身顫慄。

鬼燈小姐似乎也知道這是強人所難，一臉抱歉的樣子，但並沒有妥協。

「聽說靠近祠堂非常危險，有可能會被隱鬼附身。」

「隱鬼啊，可是隱鬼應該要有躲藏的意思才會來附身吧？如果沒有想要躲的話，或許就沒事了？」

「您說的的確有道理，但是我們並不了解鬼的全貌，所以……」

「是喔，妳說的也沒錯啦……」

我聽媽媽和鬼燈小姐的對話，覺得很意外。媽媽並沒有否定鬼燈小姐的話，或許這才是正確的科學態度。

「總之，我們先測量數據吧。開始準備。」

「是。」

在媽媽的指示下，同事們開始行動。打開設備，然後架在祠堂周圍。做這些事情的時候，我們只會礙手礙腳，所以我和內海先生一起退開，默默在旁邊觀察。

「……內海先生，你覺得如何？」

「這個嘛……我覺得這個地方本身並沒有什麼奇怪之處，不過……」

「果然，那個祠堂有問題？」

「對。可以的話，我想打開祠堂的門，看一下內部。不過，看樣子是沒辦法了。」

「對啊……」

這應該不是拜託對方就能搞定的事。看鬼燈小姐的態度，絕對不會讓我們開門。我已經沒辦法再幫助內海先生了嗎？也沒辦法幫助那個失蹤的孩子嗎……

「對。可以的話，我想打開祠堂的門，看一下內部。不過，看樣子是沒辦法了。」

「咦？」

聽到身旁的內海先生這樣說，我有點混亂。

內海先生是不是說了和剛才一模一樣的話？

「對。可以的話，我想打開祠堂的門，看一下內部。不過，看樣子是沒辦法了。」

又來了。就像用遙控器讓偶像劇往後退五秒一樣，內海先生一直重複說同一句話。

「內海先生……」

「這個嘛……我覺得這個地方本身並沒有什麼奇怪之處，不過……」

「內海先生？你怎麼了?!」

「咦？什麼意思？」

「什麼意思……」

「這個嘛……我覺得這個地方本身並沒有什麼奇怪之處，不過……」

「內海先生……」

「對。可以的話，我想打開祠堂的門，看一下內部。不過，看樣子是沒辦法了。」

仔細一看才發現，不只那句話而已，內海先生的臉部角度、手的位置、眨眼的時間點……每個瞬間都不連貫。彷彿有好幾個內海先生，然後在我面前隨機出現一個。

「媽……媽媽……媽媽！」

我忍不住喊了媽媽。原本盯著設備的媽媽，聽到我的聲音朝我這裡看。

「小栞？怎麼了？」

「媽媽……好可怕……這裡不對勁……」

就在我說這段話的期間，內海先生的樣貌還在持續重疊。

「今留小姐?!妳沒事吧?!」

原本和我說話的內海先生，在下一個瞬間消失不見。結果再下一個瞬間，又面向祠堂的方向。

「對。可以的話，我想打開祠堂的門，看一下內部。不過，看樣子是沒辦法了。」

我的頭好暈。整個世界都在旋轉，鬼燈草的赤紅色在我的視線裡暈染開來。

「今留小姐?!」

接著，我就像上次在十字路口那樣，再度失去意識。

4

睜開眼睛之後，又看到陌生的天花板。我眨了眨眼，坐在病床旁椅子上的媽媽露出放心的微笑。

「妳醒了？」

「嗯。」

「沒事吧？有沒有哪裡覺得痛？」

「嗯。」

既視感……不對。一個星期前發生過一模一樣的事。我又昏倒被送到醫院了。又給媽媽添麻煩了。

「這裡是，哪裡？」

「豐野重町的醫院。如果那間醫院沒有關閉的話，就可以在那裡看診了。」

媽媽說完聳了聳肩膀。不過，如果醫院沒關閉的話，我應該也不會在那裡昏倒吧。

「媽媽，那妳的工作呢？」

「那點小事當然先中止啊，小栞比較重要。」

「……對不起，耽誤妳那麼重要的工作……」

「沒關係沒關係，反正我本來就不喜歡那個工作。我反而要感謝妳，給我藉口偷懶呢。」

媽媽露出調皮的笑容。媽媽應該是怕我多想才這麼說，不過按照媽媽的個性，應該有一半是認真的。

「不過，我不能完全放著不管，等爸爸來接手我就要回去了，畢竟同事都還在那裡。」

「這樣啊……」

我再度感受到對大家造成困擾的事實。明明應該要好好反省，但我心裡浮現那個人的臉。

「那個……內海先生他怎麼樣了？」

我裝作毫不在意的樣子詢問。音調應該沒有提高吧。

「內海同學？我不知道耶，他想要跟著來醫院，但是我想說這樣太麻煩人家就婉拒了。」

「這樣啊，說得也是。」

的確如此。內海先生又不是家人，昨天才剛認識……認真說起來，他就是個陌生人，所以這也是沒辦法的事。

「內海同學很擔心妳喔。如果他還在那裡的話，我會告訴他妳已經沒事了。」

「……嗯，謝謝媽媽。」

我忍住差點說出口的話，乖乖地點頭。我沒辦法說出「帶我一起去」這種任性的話，我不想再給媽媽添麻煩了。過了一會兒，有人敲了敲病房的門。

「請進。」

媽媽回答之後，爸爸推開門走進來。

「小栞，妳沒事吧？」

「嗯。爸爸，對不起。」

「不用擔心，醫生也說身體沒有異狀。」

「這樣啊，暫時可以放心了。」

爸爸把會客用的椅子挪到媽媽的身邊才坐下，然後擔心地問我。

「所以到底發生了什麼事？」

爸爸似乎還不知道事情的經過。正當我不知道該怎麼說明的時候，媽媽接著幫我回答了。

「小栞說對我的工作有興趣，所以就帶她進去調查現場。結果，她就突然昏倒了。或許是她的虛質又變得不穩定了。」

「虛質啊……這我不太懂，但是小栞這樣沒問題嗎？」

「目前應該是沒事，但為防萬一爸爸還是陪著她好了。抱歉，我必須回去調查現場。」

「我知道了，這裡就交給我吧。」

媽媽簡單說明完畢。看樣子媽媽也不打算提起內海先生的事，之後再由我來說吧。

「那我回去工作了。小栞，妳要好好休息喔。」

「嗯，路上小心。」

媽媽帶著微笑揮揮手。雖然她一臉無所謂的樣子，但畢竟是打斷重要的工作跑來這裡，該不會被罵吧。有可能只是要去收尾，不過我真的覺得很抱歉。

「小栞，明天開始如果想去哪裡玩的話，就和爸爸一起去，好不好？」

「……嗯。爸爸，對不起。」

「我不是在生妳的氣，只是擔心妳。」

「嗯……」

爸爸本來就很擔心我自己騎腳踏車出去玩，但是我堅持要一個人出門，結果竟然變成這樣，我不能再讓爸爸擔心了。雖然難得租了腳踏車，不過在這裡的這段時間，還是乖乖和爸爸待在一起好了。而且，我其實很怕自己又昏倒。

「小栞，妳渴不渴？我去買點喝的吧。」

「那……我想喝柳橙汁，百分之百純果汁那種。」

「是、是，請稍候，公主大人。」

爸爸調皮地笑了笑，走出病房。

一個人獨處的時候，腦海裡浮現的是內海先生。

內海先生不知道怎麼樣了，應該已經回去了吧。媽媽說他很擔心我，真是抱歉。但是，又有點開心。

……媽媽會不會幫我問他的聯絡方式啊？

至少要再見一次面，跟他致謝、道歉還有告別。

……不，不對。

其實我是想跟他約下次見面。

就這樣告別，有可能一輩子都無法見面。我不想要這樣，我想要約明天見面，約回大分之後見面，還有約以後見面的時間。我還想和內海先生一起聊天。

內海先生有說過他住在附近的旅館，我用手機查詢穗尾付町的旅館，只有一間民宿。內海先生說過預計明天回來。他說不定，還在那裡……

×××

隔天，我瞞著爸爸試著打電話到民宿。

我聽昨天回來的媽媽說，內海先生後來還待在關閉的醫院。聽到我沒事，他便向媽媽道歉，然後就回去了。我當然希望問到內海先生的聯絡方式，但是媽媽沒有這麼做的理由。再這樣下去，我就會和內海先生斷了聯絡，因此我下定決心打電話到民宿問問看。

當然，民宿不會透露住客的個人資訊。

結果，我和內海先生沒有再見過面，就這樣回到大分。

不過，回到家的時候，我的心情意外地變得樂觀。

沒關係，反正第一次和內海先生相遇，就是在大分市內的公園。內海先生應該就住在大分市內，而且我還知道他是大分大學教育學系二年級的學生。只要有心，一定能見面。

就算我們沒有約好也一樣。

我們一定會再度在夏日的公園裡相遇。

栞的日記

3月31日

明天開始我就是大學生了，好緊張喔。

我還不習慣自己一個人住，每天都會打電話給爸爸或媽媽。這樣真的沒問題嗎？

結果我高中三年沒有交到朋友也沒談戀愛，大家都說這樣是灰色的青春。妳呢？我希望至少妳在世界的某個地方，和最好的朋友玩在一起，也談了一場很棒的戀愛。我這次一定要在大學交到好朋友，也要談戀愛。

說到大學，我至今還是會偶爾想起內海先生。

我和內海先生在那之後再也沒見過面，四年就這樣過去了。我想他應該早就大學畢業了，我就算去大分大學，內海先生也已經不在了。

他現在在哪裡，又過著什麼樣的日子呢？不知道是不是還像以前一樣。

好想見他。
妳呢？有沒有想見的人？
期待妳的回覆。

栞

第三章　青年期

1

睽違一個月，媽媽即將回家，光是想到這裡我就覺得腳步輕盈。我明明是快要滿二十歲的大人，卻像一個沒長大的孩子。這也是沒辦法的事，因為我很開心嘛。

自從九州大學理學院開設虛質科學系之後，媽媽每年都會去那裡當一次客座教授，時間大致為期一個月。今年從七月初開始，聽說是刻意配合夏季學期結束，客座的時間也調整為這個時候，不過我想應該是配合我的生日吧。我的生日能見到很久沒見的媽媽，而且馬上就要放暑假，對我來說全都是令人開心的事。

話雖如此，暑假時間很漫長。我並沒有特別想做的事，現在還有點迷惘。

在鎮上尋找有困難的人這件事，只到國中為止，畢竟升上高中之後，我就比較有常識了。雖然大一的時候加入志工社團，但是和我想像的不太一樣，所以並沒有持續太久。

就在我度過平凡無奇的學生生活這幾年，世界發生巨大的改變。不須我多說大家都知道，虛質科學的研究和技術大躍進，平行世界的存在已經普遍被接受了。

這個世界由物質與虛質組成，按照虛質的變化世界會無限分歧，這些分歧的世界就叫平行世界。而且人類的虛質其實很鬆散，任何人都會在不經意的時候往返平行世界。

媽媽以前把人類移動到平行世界的現象稱為「平行移動」，現在很多人都會使用這個詞彙。

不過，大多數的平行移動只會移動到鄰近的世界，差異大概就是早餐吃麵包或是吃飯這種程度而已。因此，大多數的人都不會發現自己平行移動了。

也就是說，很有可能現在這個瞬間，我們正平行移動到鄰近的平行世界。不見的東西出現在剛才找過的地方、微妙的記憶差異與既視感很有可能都是因為平行移動。

將平行世界的虛質型態數值化的結果就是虛質紋，通稱「ＩＰ」。這也是媽媽命名的。

我看著自己的手腕。我手上戴著像是手錶的小機器，液晶畫面顯示整數三位數和小數三位數。小數點以下的數字快速變動，但整數一直都是零。

這是測量ＩＰ，確認自己現在位於哪個世界的測試機。測試機目前在媽媽的研究所開發中，只有相關人員才會拿到試用品。據說最後這會在市面上流通，以後大家都能知道自己是否發生平行移動。雖然不知道這會為世界帶來什麼樣的變化，但媽媽一直為此努力。

我呢，雖然成績沒問題，但是上大學並沒有特別想做的事，便選擇到當地的國立大學——大分大學就讀。之所以選擇教育學系，或許是因為忘不了國中二年級暑假時遇到的內海先生吧。

在那之後過了六年。內海先生那個時候大學二年級，會不會早就畢業在哪個學校教書了呢？刻意查的話應該可以找到，但是我沒有想要做到這個程度。

我也升上大二，和當時的內海先生同年了。不過，我不像內海先生，並沒有特別想做的事。雖然有想過像媽媽那樣研究虛質科學，但是總覺得聽媽媽講就已經很滿足，沒有想過自己也走這條路。

不只學業上沒有特別想做的事，生活上也一樣。我在上大學前就開始一個人獨居，但是覺得太寂寞，在升上大二之前就搬回家了。爸爸很開心，但媽媽怎麼想我就不知道了。

大學二年級的夏天，我即將滿二十歲。

我在家裡閒散度日，每天無所事事。

這樣真的好嗎？

×××

「生日快樂，小栞。」

爸爸和媽媽舉起酒杯慶祝我成人。

「謝謝，那我要喝囉。」

我手裡的酒杯，裝著酒精度數低的雞尾酒。我有舔過爸爸在喝的啤酒泡泡，除此之外這還是第一次喝酒。我的心跳微微加速，喝下充滿香氣的液體。

「……哇，好好喝。」

第一次喝雞尾酒，覺得味道很像一般的果汁。其實我沒喝出酒精的味道，甚至覺得難得喝酒，是不是應該選比較烈的酒？像爸爸喝啤酒，媽媽喝紅酒。一想到現在喝這些酒都不會被罵，就覺得有點不可思議。現在的我和還沒過十二點的幾分鐘前，到底有什麼不同呢？

一口喝光啤酒的爸爸一邊嘆氣，一邊語重心長地說。

「沒想到小栞也到了可以喝酒的年紀……時間過得好快啊。」

每次生日的時候，爸爸都會說這句話，媽媽也跟著感慨地微笑。

「那就表示我們也老了這麼多歲啊。」

一邊說一邊喝起紅酒的媽媽，還是像以前一樣帥氣。姑且不論身為女兒有所偏心，以媽媽的年紀來說，她看上去仍然年輕有魅力。是因為媽媽一直在做自己想做的事嗎？我也想變成這樣的大人，但是照這樣下去，應該沒辦法像媽媽一樣。

「話說回來，小栞啊。」

媽媽放下酒杯，一臉正經地望向我。身為媽媽，她應該有話想要對二十歲的女兒說吧。我也停下吃蛋糕的動作。

「什麼事？」

「小栞妳……還沒有交男朋友嗎？」

……這個問題還真是出乎意料。

不知道為什麼，爸爸比我更急著回答。

「不不不……沒交男朋友也沒關係吧……咦？沒有吧？還是……其實有？不對，有男朋友也沒關係啦……咦？」

看到爸爸一陣慌亂的樣子，我不禁笑出來。這是值得慌張成這樣的事情嗎？

「爸爸真是的……現在還沒有啦。」

「這、這樣啊。沒有男朋友，現在還沒有？嗯，喔……這樣啊。」

爸爸在還沒喝完的玻璃杯裡添啤酒。看到他微微發抖的手，媽媽一臉傻眼似地用手托腮。

「哎呦，我又不是硬要她去交男友……」

不管努力假裝平靜的爸爸，媽媽再度望向我。

「可是小栞完全沒有談過戀愛對吧？國中、高中都是。畢竟我是媽媽，又都是女生，多少會在意嘛。」

讓媽媽擔心也是沒辦法的事。

應該說，我高中、大學時期都是沒什麼存在感的人。我並沒有被霸凌，但是常常會被大家忽略。小時候明明沒有這種感覺，但是升上高中朋友變少之後，就漸漸變成這樣了。因此，不要說男朋友了，我連普通朋友都沒有。

媽媽一邊喝紅酒，一邊慎選詞彙問我。

「那個……小栞應該不是對男生沒興趣吧？」

「嗯……不至於沒興趣……不過沒有特別在意哪個特定的人就是了……」

這樣回答的時候，我的腦海浮現一個男人的臉。內海先生。要說有什麼特別在意的異性，目前只有這個人了。但如果要問這是不是戀愛的情感，我也不是很清楚。

再喝一口雞尾酒。媽媽像是要摸索什麼似地看著我的眼睛說。

「妳還記得內海進矢這個人嗎？」

我差點噴出嘴裡的雞尾酒。

「咦……」

我以為媽媽突然擁有能讀心的超能力，畢竟媽媽突然說出我剛才正想到的名字，任誰都會有這種想法吧。

「就是妳國中的時候，在穗尾付町認識的大學生。不記得了嗎？」

「我是記得啊……為什麼突然提起他？」

「喔，我在九大教課的時候，內海同學有來喔。」

「是喔?!」

「嗯，下課之後他有來打招呼。」

太驚人了。我本來以為不會再見到內海先生，沒想到會在這種情況下結緣。

雖然很開心，但更覺得疑惑，內海先生照理說應該早就大學畢業了才對。

爸爸假裝不在意我們的對話，但其實很認真聽，但我沒有管他，還是提出心裡的疑問。

「可是內海先生不是大分大學的學生嗎？而且應該已經畢業了吧？怎麼會

去上媽媽的課……這是對外公開的課程嗎？」

「不是，他說他重考進入九大，就讀虛質科學系。」

「原來如此！」

「聽說畢業之後，他一邊讀書一邊打工存錢，去年考試的時候一次就合格錄取，真的很厲害耶。」

「嗯，好厲害喔……」

聽說偶爾會有人大學畢業之後，又去考別的大學。在就學期間找到真正想做的事，為了學習相關知識而重考，這需要充沛的熱情。

內海先生該不會是因為遇見媽媽，才決定走上虛質科學的路吧？

「而且啊……小栞妳好像……比較熟識的男生，只有內海同學對吧？後來還有段時間很掛念他。如果小栞還喜歡內海同學的話，我有問他聯絡方式喔。」

太驚人了，沒想到媽媽會這麼機靈。雖然發現爸爸喝啤酒的速度變快，但還是先不管他好了。

「怎麼樣？妳想知道內海同學的聯絡方式嗎？」

媽媽還是把選擇權交給我。當然，我心裡已經有答案。但是，聯絡六年前只見過兩天的人，對方會不會覺得很困擾呢？我會不會被討厭啊？不知道是不是發現我心裡的想法，媽媽輕輕地推了我一把。

「內海同學好像也很在意小栞喔，他有問妳之後怎麼樣了。」

「……這樣啊。」

內海先生還記得我，總覺得胸口暖暖的。既然如此，我就不再猶豫了。我久違地感受到國中時期想到什麼就去做的心情。

「爸爸，可以嗎？」

我還是開口問爸爸意見。六年前我有提過內海先生的事，對爸爸來說他並不是陌生人。

「……我記得他在小栞國二的時候讀大二，六年前二十歲的話現在已經二十六歲……二十歲和二十六歲……十四歲和二十歲也就罷了，二十歲和二十六歲的話……」

我大概知道爸爸在想什麼。嗯，畢竟他身為爸爸，會這樣想也是沒辦法的事。但是，我並沒有那個意思。

嗯。我沒有那個意思……對吧？應該啦。

「嗯……小栞已經二十歲了，自己的事情可以自己決定，爸爸會尊重小栞的選擇。」

爸爸說得很誇張，讓我不禁笑了出來。不過，同時也深深感謝爸爸尊重我的想法。

「嗯，謝謝爸爸。」

這是我有生以來第一次得到喜歡的人的聯絡方式。

2

〈好久不見，我是今留栞。〉

〈媽媽給我你的ＩＤ，所以冒昧傳訊息給你。你過得好嗎？〉

〈好久不見，今留小姐。我是內海進矢，我過得很好。〉

〈今留小姐在那座醫院昏倒之後，我一直很擔心。後來沒事了嗎？〉

〈沒事了。謝謝你關心我。〉

〈在那之後我定期會在媽媽的研究所做檢查，目前都沒有大礙，檢查的頻率也越來越少。〉

〈那真是太好了。後來知道原因是什麼了嗎？〉

〈詳情我不清楚，不過好像是我的體質，本來就屬於虛質不穩定的類型。〉

〈媽媽說那座醫院的中庭，鬼隱祠堂周邊的空間虛值也很不穩定，我有可能是受到影響導致不斷出現平行移動的現象。因為太頻繁移動出現像暈車一樣的症狀，才會昏倒。〉

〈這樣啊，那真的是太慘了。不過，幸好妳沒事。〉

〈謝謝你。〉

〈內海先生你呢？〉

〈聽說你考上九大，好厲害喔。你想要成為像我媽媽這樣的虛質科學研究者嗎？〉

〈不，我沒那個打算。〉

〈這些話我只對今留小姐說，其實我現在還在追鬼隱的謎團。〉

〈這樣啊？〉

〈是的。〉

〈妳還記得鬼燈蓮小姐嗎？〉

〈你是說管理鬼隱祠堂的那個女人對吧？〉

〈沒錯。〉

〈六年前，我和鬼燈小姐交換聯絡方式。在那之後，我們仍會定期聯絡。〉

〈是〉

〈是？〉

〈這樣〉

〈今留小姐？〉

〈我在。〉

〈妳沒事吧？怎麼了？〉

〈沒事沒事，語音輸入好像怪怪的。〉

〈這樣啊。〉

〈鬼燈小姐長得很漂亮呢。〉

〈是啊。她非常漂亮。〉

〈這樣啊。那還真是。〉

〈今留小姐？〉

〈沒事沒事。〉

〈這樣啊。〉

〈所以鬼隱的事情怎麼樣了？〉

〈自從六年前佐藤教授調查之後，就一直沒有頭緒。〉

〈根據鬼燈小姐的說法，鬼燈家已經沒有再調查這件事了。〉

〈這樣啊，我在那之後也沒有去過那裡了。〉

〈妳有聽佐藤教授提起六年前的調查結果嗎？〉

〈大概聽過。〉

〈剛才也提過，祠堂周邊的虛質不穩定，但是除此之外也沒有其他訊息了。〉

〈看樣子是這樣沒錯。鬼燈小姐也是這樣跟我說的。〉

〈不過，佐藤教授因為擅自帶我們進醫院，被鬼燈家的高層責怪，合約因此被解除了。〉

〈都是我害的，請幫我向教授道歉。〉

〈我也是其中一個害到媽媽的人。〉

〈她一定不會怪你的。〉

〈謝謝妳。〉

〈言歸正傳，我在那之後，每年夏天都會去穗尾付町觀察祠堂的狀況，但沒有什麼收穫。〉

〈我在想，或許需要虛質科學才能解開鬼隱之謎，所以才考進九大的虛質科學系。結果就再度遇到佐藤教授了，也因為這樣得知當時的調查結果。〉

〈你能進去醫院嗎？〉

〈可以。是鬼燈小姐讓我進去的。〉

〈你們感情真好。〉

〈什麼？〉

〈沒什麼。為什麼鬼燈小姐會讓你進去？〉

〈六年前我對遇到鬼隱的孩子一無所知，但是後來得知那個小孩是鬼燈小姐的弟弟。鬼燈小姐一直想要解開鬼隱的謎團，但本家的人好像不打算繼續追查，她應該是想抓住最後一根救命稻草才會幫我。〉

〈原來是這樣啊。〉

〈那你今年也會去那座醫院嗎？〉

〈我預計會去。〉

〈我已經學習虛質科學的知識，應該會有和以前不同的見解。〉

〈內海先生。〉

〈是。〉

〈我可以和你一起去嗎？〉

〈今留小姐嗎？〉

〈對。不可以嗎？〉

〈也不是不可以，但是妳為什麼要去？〉

〈因為我也很在意鬼隱的事。〉

〈但是，妳去到那裡會不會又昏倒？〉

〈我會非常小心的。〉

〈我現在一直穿戴相關人士才有的平行移動數值化機械，只要用這個儀器監測應該就沒問題。〉

〈原來如此，原來是這樣啊。〉

〈怎麼樣？我可以一起去嗎？〉

〈既然如此，當然可以一起去。〉

〈不過，請妳答應我，絕對不可以勉強自己。〉

〈好。我答應你。〉

〈好。〉

〈我預計三天後出發，今留小姐時間上沒問題嗎？這個日期有點趕對吧？〉

〈不，沒關係。我可以去。〉

〈這樣啊。〉

〈那下週星期一的下午三點，到那棟醫院集合。可以嗎？〉

〈好。我知道了。〉

〈妳又要騎腳踏車去了嗎？〉

〈不，我會開車去。〉

〈開車？〉

〈今留小姐開車嗎？〉

〈沒問題的。我每天開車去大學上課，已經很習慣了。〉

〈不不，很抱歉。〉

〈因為在我心目中，今留小姐是讀國中的女孩子，所以有點驚訝。〉

〈話說回來，今留小姐已經和當時的我同年了呢。〉

〈是啊。〉

〈我已經是大人了。〉

〈我真是失禮了。〉

〈沒關係。〉

〈那下週就直接在老地方見面吧。〉

〈好。〉

〈老地方見。〉

×××

關掉通訊軟體之後，我在床上滾來滾去。

可以見到內海先生了。睽違六年。

當時我還只是十四歲的孩子，覺得內海先生看起來很成熟。現在的我和當時的內海先生同年，如此想來，我不覺得自己有像當時的內海先生一樣成熟。內海先生會怎麼想呢？看到二十歲的我，會有什麼想法呢？他會覺得我已經長大成人了嗎？

腦袋裡充斥各種想法，實在無法冷靜下來，所以我一直在床上滾來滾去，直到十分鐘後才想到，沒有適合的衣服。

3

隔週的星期一，下午兩點三十分。

我把車停在廢棄醫院的停車場，然後盯著後照鏡撥弄瀏海。這不知道是第幾次了。我提早一個小時抵達，所以有三十分鐘我都坐立難安地撥弄頭髮或者確認服裝有沒有凌亂。

三天前，我找遍整個衣櫥，發現只有廉價的快時尚服飾，這讓我很震驚。平常一點也不在意，但現在覺得不能穿這種衣服和內海先生見面。因為是暌違六年的重逢，所以希望他覺得我已經長大成人了。

我想著一定要趁週六、日去買衣服，急忙著手查詢最近的流行服飾，但其實我不知道要買什麼才好。本來想要去問媽媽，但媽媽應該更不懂。既然如此，我乾脆去跟爸爸商量。爸爸臉上掛著複雜的表情，但還是找了幾款衣服給我。看起來不錯，也適合可以稍微活動的服裝。嗯，這種的應該可以。畢竟也不是去約會，比較像是田野調查。

因為實在無法冷靜，我決定呼吸外面的空氣。關掉引擎下車之後，夏天的熱氣馬上襲來。回家的時候，車內應該像洗蒸汽浴一樣熱吧。即便如此，外頭的自然風有別於空調的風，吹起來很舒暢。

停車場的對面有座小涼亭。真懷念，六年前就是在那裡和內海先生互相自我介紹的。剛好還有時間，就在那裡等吧。

我在自動販賣機買了冰水，一邊喝一邊愣愣地望著那棟醫院。建築物好像還是禁止進入，完全沒有人煙。但也沒有荒廢的樣子，看得出來有人在整理。原本想說這麼大的建築物，應該可以挪作他用，但有可能因為那座祠堂所以沒辦法擅動。

媽媽說祠堂周邊的虛質不穩定。雖然我不太清楚那是什麼意思，但那有可能就是原因。

啊，但是真的好熱啊。雖然在陰涼處也有風吹，但八月的下午三點應該可以說是整年最熱的時間吧。即便什麼都不做，汗水也會從額頭滴落。真討厭，我才不想滿頭大汗和內海先生見面呢。我把手帕按在額頭上擦擦汗。我是有穿防止汗水滲出來的襯衣，但這樣真的沒問題嗎……

就在我想著這些無關緊要的小事時，遠方傳來輕巧的腳步聲。

心臟怦怦跳。

為了冷靜下來，我喝了一口水。水滴落在木製的桌上。水已經漸漸變得不冰了。我盯著建築物，假裝沒有發現腳步聲，我不知道應該在什麼時間點回頭才好。腳步聲越來越近，再假裝沒發現是不是太奇怪了？但是，回頭之後要說什麼才好呢？好久不見？很熱吧？你過得好嗎？

腦海裡飄過各種句子，結果無法回頭的我，耳邊傳來柔軟的聲音。

「今留小姐？」

這個聲音讓我的記憶一下子甦醒。

啊，沒錯。這就是內海先生的聲音。

我自然而然地回頭，喊出他的名字。

「內海先生。」

站在那裡的是二十六歲的內海先生，不知道為什麼他睜大眼睛看起來有點驚訝。

「……怎麼了嗎？」

「……呃，啊，沒事。妳是今留小姐對吧？好久不見了。」

「是啊，好久不見。」

這次和內海先生重逢，有點不可思議。

×××

雖然時間還有點早，不過因為外面很熱，所以我們就提早進入室內了。

內海先生用手機和鬼燈小姐聯絡，兩人在等待大門開啟期間，不知道是不是耐不住沉默，內海先生主動向我搭話。

「那個……妳長大了呢。」

「對啊，我比那個時候長高了三公分。」

「身高的確是變高，不過該怎麼說好呢……整體氛圍有長大的感覺。」

「變成熟了嗎？」

「是啊，非常。」

「呵呵，好開心喔。」

我剛才的緊張感不知道跑去哪裡了，開了頭之後意外地一句接一句，反而是內海先生顯得有點緊張。從二十歲變成二十六歲的男性和十四歲變成二十歲的女性。時隔六年重逢，前者會感到困惑也是理所當然的。

內海先生看著我的左手腕。

「那個，妳手上戴的該不會就是？」

「啊，對，這就是ＩＰ穿戴裝置的試用品。」

我伸出手讓內海先生看我左手手腕上的裝置畫面。

「這些數字就是ＩＰ。小數點以下的數字一直在動對吧？據說這也是在平行移動。不過差異太小，可以當作仍然在同一個世界。感覺很不可思議對吧？」

「是啊……」

內海先生一副很有興趣的樣子，仔細端詳著ＩＰ裝置。因為只有研究所的相關人士才能擁有試用品，這讓我覺得很得意。

「然後整數的部分只要超過1就視為正式的平行移動。現在的數值是0。」

「超過1以上的頻率大概是多久一次？」

「嗯～因為我也不是一直盯著數值，所以不見得正確，不過大概三天會有一次吧。不過我移動的頻率好像比一般人高。」

因為這個ＩＰ裝置是試用品，所以我有義務每天記錄並定期回報數值。話雖如此，這些事情裝置都會自動完成。我有看過裝置的紀錄，但我記得數字大多都是0，讓人覺得有點失望。

「平行移動之後，大概要多久才會歸零？」

「數字越大需要的時間就越久，1最多需要一個小時。我有一次移動到3，歸零幾乎花了半天的時間。」

移動到遙遠的世界，回來就會花更多時間。順帶一提，我在第3個世界也沒有發現哪裡不一樣，可能是午餐吃了不一樣的東西。據說要移動到第5個世界之後才會明顯有不同，讓人想體驗看看，但又覺得害怕。

「那……平行移動的期間，表示妳人在平行世界對吧？在平行世界感覺怎麼樣？」

「怎麼樣喔……非常普通啊，3的話幾乎沒有什麼不同。」

聽到我的回答，內海先生稍微陷入沉思。

「……那我現在也有可能是在第3個世界對吧？」

原來如此。這的確很令人在意。不過，目前只有ＩＰ裝置才能確認。

「這我不清楚……因為我比一般人更容易平行移動，聽說一般人很少移動到2以上的世界。」

「這樣啊……」

內海先生雖然點了點頭，但不知道是不是還有疑問，表情顯得很嚴肅。不過，這種事情用語言說明本來就很難體會。

我剛才說的事情，在大學就讀虛質科學的內海先生應該都有概念。不過，聽到我的實際體驗還是和教室裡學到的知識不同。尤其是ＩＰ裝置，畢竟只有少數人才知道，應該會更難理解。

內海先生突然抬起頭，指著我的手腕。

「那個，可以借我這個ＩＰ裝置嗎？」

原來如此。他想知道自己的ＩＰ。內海先生會這樣想也很正常，但是很遺憾，裝置沒辦法借給別人。

「呃，抱歉，這個裝置是以我的虛質為基準登錄的，平行移動時會與基準值產生差異，裝置再將之數值化，所以除了我之外的人沒辦法使用。」

「原來如此，裝置的原理是這樣……」

內海先生認同地點點頭。看樣子是激起了他對知識的好奇心。

我聽媽媽說，全世界所有人早晚會有義務從出生那一刻開始就穿戴這個裝置，因此內海先生只能忍耐到擁有自己的ＩＰ裝置那天了。

就在我們聊著這些事情的時候，入口玄關的大門敞開，鬼燈蓮小姐從裡面走出來。「久等了。外面很熱吧，請進。」

帶著夢幻微笑迎接我們進入建築物的鬼燈小姐，看起來和六年前記憶中的樣子一模一樣。當時不知道她幾歲，現在也不知道。她仍然把黑色長髮梳成低包頭，並穿得像老字號旅館裡的服務人員，完全複製記憶中的樣貌。

唯一能確定的是，她比我漂亮多了。內海先生和這個人持續聯絡了六年啊……想到這裡，我就覺得有點沮喪。

「抱歉，鬼燈小姐，連我都上門打擾。」

「不，別這麼說。妳還在意那孩子的事，我也很高興。」

那孩子指的是被鬼隱的小孩吧。聽說那孩子是鬼燈小姐的弟弟，但詳情我不清楚。

不知道是不是察覺我的疑惑，內海先生替我向鬼燈小姐開口。

「鬼燈小姐，如果可以話，能不能把詳情也告訴今留小姐呢？」

「說得也是……今留小姐，這不是什麼有趣的故事，妳願意聽嗎？」

「我願意，請告訴我。」

接著，鬼燈小姐開始娓娓道來。

×××

他是個很乖巧的孩子。

名叫鬼燈太郎。是小我十三歲的弟弟。

鬼燈家連續生了三個女兒，第四個出生的弟弟是眾所期盼的男生，所以取名為太郎。雖然是個好名字，但這也有可能是他被鬼隱的原因之一。

妳聽說過輝智的九名家嗎？指的是以穗尾付町為中心、支配這一帶的地方財閥。鬼燈家可以說是九名家的首領，屬於大地主家系。太郎以後要成為繼承人，所以備受期望，但是隨著他日漸長大，家主開始質疑他繼承人的資質。

好聽一點可以說他乖巧，但簡單來說，太郎就是個沒有存在感的孩子。

即便是在家裡，大家也會驚訝於他突然出現在後面，或者外出時忘了帶上他，讓他自己一個人看家，這些情形經常發生。當然，家人都不是故意的。

不知道是不是因為這樣，太郎在小學被同學霸凌。

當時我已經上大學，獨自住在學生宿舍，所以不知道詳情，但家人說太郎在學校經常被忽視。話雖如此，太郎平時在家裡就經常被忽略，同學應該也不是帶著惡意忽視他。不過，據說有些小孩因為這樣更把他視為攻擊對象……

鎮上有權勢的鬼燈家小孩，通常不是被捧過頭，就是被疏遠。太郎就是典型的後者。或許是在太郎這個過時的名字和稀薄的存在感的加乘作用之下，讓他成為被攻擊的對象吧。

某天，太郎在營運中的這棟醫院中庭，和同學玩躲貓貓。話雖如此，這個中庭幾乎沒有可以躲藏的地方。唯一可以躲的，只有大人說不能進去的祠堂。祠堂剛好只有小學低年級男孩可以躲進去的空間，也是不幸的一環。

不知道是他自己走進去，還是被迫進祠堂，總之太郎當初是打算躲在祠堂裡的。有人看到他進去。

所以太郎才會被隱鬼附身吧。

同學沒找到太郎就回家了，據說是真的忘記太郎了。住院的患者和護士，也都沒有人注意到太郎。

當然，鬼燈家有向警方申報失蹤。警察搜查發現，太郎是在醫院消失的，但這已經是事發三天後了。

接著警察打開祠堂。

×××

鬼燈小姐靜靜佇立，輕撫中庭的門。

六年前用伸縮式柵欄圍住的中庭，現在用一堵牆圍起來，看不見裡面。內海先生一邊摸著那道牆，一邊問。

「這道牆是？」

「我不是很清楚，不過好像是要攔截電磁波之類的牆。今留小姐在這裡昏倒之後，鬼燈家就建了這堵牆。」

聽到這裡我嚇了一大跳。該不會是因為我昏倒吧？這堵牆造價一定不便宜，應該不會來我家請款吧……正當我在擔心這種無關緊要的事情時，內海先生望向我。

「今留小姐，IP現在如何？」

我看了一眼IP裝置，數值穩定停留在0。如果沒有這堵牆的話，數值會不會開始亂衝，我又開始到處平行移動了呢？

……我突然想到。

當時，我會不會差點被隱鬼附身了？

「現在是0，非常穩定。」

「這樣啊……如果有異狀的話要馬上說。」

「好。」

我點點頭，但剛才的想法在腦海中盤旋。我也有可能被鬼隱，這實在是太恐怖了。

「鬼燈小姐，請繼續。您說警察打開祠堂對吧？男孩在祠堂裡嗎？」

「我聽說警察也不知道。」

「不知道，什麼意思？」

內海先生應該已經和鬼燈小姐談過這件事。但是，為了讓我容易了解，才會像是第一次說那樣仔細。

「……據說祠堂裡是一片黑暗。」

「黑暗。」

「對，祠堂裡一片漆黑，但當時並非夜晚，照明也不暗。然而，祠堂裡一片黑暗，什麼都看不見。」

「所以警察怎麼做？」

「其中一個人把手伸進黑暗之中，在裡面找過。但裡面什麼都沒有，揮來揮去都是空氣，但是不知為什麼手沒有碰到牆壁。」

「那位警官沒事嗎？」

「聽說伸進去祠堂的手暫時看起來模糊，但馬上就恢復了。」

「原來如此。」

內海先生看著我，所以我輕輕點頭。我的意思是，目前為止這一段我都聽到了，但能不能理解是另外一回事。

「之後，鬼燈家馬上封鎖中庭。剛好醫院本來就計畫搬遷到鄰鎮並擴大營運，兩年後醫生和住院患者都遷到新院，這家醫院也就關閉了。」

我和內海先生六年前在這裡相遇。當時，聽聞鬼隱事件發生在三年前。也就是說，鬼隱事件發生在九年前，醫院則是在七年前關閉的。

「鬼燈本家也用盡各種手段找過弟弟，但是怎麼找都沒有頭緒，漸漸就放棄了。我大學畢業的時候，自願管理這裡。我心想當時沒能為弟弟做什麼，至少可以離他近一點，只有我一個人也好，至少有人想著弟弟。」

垂下眼簾靜靜說這段話的鬼燈小姐，流露出對弟弟的愛。

我總覺得很抱歉。六年前來這裡的時候什麼都不知道，只是因為好奇還有對內海先生產生興趣就插手這件事。要是當時知道詳情，或許就不會那麼草率了。雖然我努力也沒用，不過應該可以拜託媽媽繼續調查。然而，我就在什麼都不知道、毫無察覺背後隱情的狀態下，生活了六年。即便在這段期間，鬼燈小姐和內海先生都沒有忘記這件事。

鬼燈小姐今後也打算一直獨自守在這裡嗎？只要找不到太郎就一直守著，

這樣未免也太可憐了。

我忍不住詢問唯一能依靠的內海先生。

「內海先生，這六年有什麼發現嗎？」

「這個嘛……」

內海先生閉上眼睛保持沉默。他一定是在整理思緒吧。

「……直到去年為止，我都沒有新發現，來這裡也頂多只能聽鬼燈小姐說當時的情況。不過，重考進虛質科學系之後，直接向佐藤教授討教，現在有一個假說。」

「請您告訴我。」

鬼燈小姐露出抓住救命稻草的眼神這樣說。我也看著內海先生。假說也好，什麼都好，只要能幫助鬼燈小姐和太郎小弟弟就好了。

內海先生再度思考了一下，釐清思緒後才娓娓道來。

「有一種概念是世界由差異構成。」

「差異？」

「對，人類花了漫長的歲月在研究世界如何形成，結果發現分子和原子、質子和中子甚至是基本粒子，世界持續被細分化。然而，結果只表現一個事實。」

內海先生舉起雙手，然後攤開左右手的手掌。

「也就是說，世界就是由某種物質和非某種物質之間的差異組成。讓這些差異成形的就是『虛質』，換言之就是『八百萬鬼』，這是我的推測。」

當地的「八百萬鬼」思想與虛質科學。鬼燈家族當初就是在想或許兩者之間有關連，才會請媽媽來調查。

譬如說，有晚霞的隔天會是晴天，燕子低飛就會下雨，這種自古就有的智慧，經常到後世才被科學證明。除此之外，還有圖坦卡門的詛咒是金字塔內蔓延的病毒、《聖經》的摩西分海就物理原則來看也說得通等例子。既然如此，鬼隱和虛質有關也不奇怪。

「虛質科學把世界比喻成海底生成的泡沫，泡沫變大就會分裂，然後漸漸往水面上浮。浮起的過程就是時間之流，分裂的泡沫就是平行世界。虛質從泡沫裡跑出來，和其他泡沫裡的虛質交替，就稱為平行移動。」

「嗯。」

這些我也知道，小時候聽媽媽說過很多次。接著，現在要談的是在學校學習到的知識。

「根據佐藤教授的說法，這個世界的所有物質都與虛質連結，不只我們人類，樹木、小草、石頭，這些物質其實也會平行移動。只不過這些沒有個人意志的物質，就算平行移動也無法感知。」

「這我也有聽說過。」

內海先生看到我的反應，輕輕點頭繼續說下去。

「今留小姐，妳說過大部分的人都不太會經歷平行移動對吧。然而，相較之下，今留小姐很容易平行移動。」

「對。」

「這是為什麼呢？」

「據說是因為虛質不穩定。」

「對啊，虛質不穩定。用稍微專業的術語來說，就是虛質密度小。」

「虛質密度小？」

「對。每個單位的物質量和虛質量的比例，本來應該是一比一，但虛質量不到一，結果使得物質與虛質之間的連結變弱，虛質變動量變大，就容易引起平行移動，這就是所謂的『虛質不穩定』。」

「是……」

這個部分我就沒聽過了，媽媽應該也覺得對小孩來說太難了吧。

「今留小姐因為虛質不穩定所以容易平行移動，而這座祠堂周邊的空間也是處於虛質不穩定的狀態對吧。也就是說，那座祠堂周邊也容易平行移動。到這裡可以理解嗎？」

「可以。」

「請繼續說。」

我點點頭，鬼燈小姐催促內海先生繼續說下去。

「接下來是我的假說。泡沫在海中往海面上浮起，然而其中有一些泡沫的虛質不穩定，這些泡沫無法獲得足夠的浮力，受海水黏度的影響，比其他泡沫浮起的速度慢。如此一來會怎麼樣呢？」

鬼燈小姐一臉困惑地歪著頭。突然聽到這些，不懂是正常的。但是，不知道為什麼我能理解內海先生想說的東西。

「那個泡沫的……時間流就會變慢？」

「太厲害了，今留小姐，就是這樣沒錯。」

內海先生一臉驚訝。我有點開心，這也是託媽媽的福吧。

「就是這樣沒錯。虛質密度小的泡沫，會被時間之流拋在腦後，結果導致生活在現行時間的我們，看不到這個物質，這就是我的假說。」

這個假說有一點異想天開，還有一個地方明顯很奇怪。

「但是我也屬於虛質密度小，卻和內海先生活在同一個時間不是嗎？」

沒錯。如果內海先生說的是真的，那我應該也會被時間拋在腦後才對。然而，內海先生彷彿已經想過這個問題似地馬上回答。

「今留小姐的虛質密度雖小，但應該沒有小到這種程度。虛質密度小是有一個臨界值的，當虛質密度小過臨界值的時候，該物質才會被時間超越。」

「你的意思是，太郎在途中都和大家生活在同一個時間，卻突然虛質密度變小嗎？」

「我想這可能就是鬼隱的現象。」

看著內海先生的表情，我明白了。接下來才是內海先生真正想說的話。

「太郎被隱鬼附身。所謂的虛質就是差異，讓某種『東西』更具有存在性質的概念。被隱鬼附身的太郎，他的虛質比別人更『隱藏』，結果在祠堂裡讓他的虛質密度越來越小，直到超過臨界值。那個瞬間，太郎就和原本不穩定的空間虛值一起被時間之流超越。」

就像我的虛值受空間虛值影響一樣，太郎小弟弟的虛質對這個空間產生影響。正因為我親身經歷，內海先生的假設顯得非常有說服力。

「也就是說，在這個祠堂裡的黑暗，就是時間的漩渦，太郎應該就是被留在那裡面了吧。」

光聽這一句，只會覺得很像邪教。但是不知道為什麼，我輕而易舉地就接受了這個令人意外的假設。內海先生正紮實地學習虛質科學，其實應該有更困難的理論根據吧。

鬼燈小姐往內海先生靠近一步。

「如果內海先生說的沒錯，那該怎麼救我弟弟？」

鬼燈小姐一臉認真地問。先不論那些詳細的理論，對鬼燈小姐來說最重要的就是這一點。應該不是單純理解或相信內海先生說的話而已，一定是想抓住最後一根稻草。

內海先生一臉歉意地垂下眼簾。

「對不起，這個部分我還沒……簡單來說只要空間的虛質密度變大，就能讓時間流動正常化，但具體用什麼方法我還沒……」

「……這樣啊。」

就算明知這是稻草，但最後往下沉還是會失落。不過，這也表示鬼燈小姐有多麼想救太郎小弟弟。

「真的很抱歉。」

「不，別這麼說。光是您認真思考舍弟的事情，我就很感激了。」

「我接下來會繼續研究，也會向佐藤教授等優秀的人物請益。然後……雖然不能保證，但我想總有一天一定能救出令弟。」

「謝謝。有您這句話就夠了。」

內海先生真誠的話，讓鬼燈小姐露出開心的微笑。

看到這一幕，我胸口一陣刺痛。內海先生為什麼會這麼認真呢？真的是為了鬼燈小姐嗎……真討厭一瞬間就想到這裡的自己，他們兩個人明明都只是單純想要拯救太郎弟弟而已。

苦悶的沉默降臨。沒有人知道該說什麼，接下來該怎麼辦。感覺大家都各自在咀嚼自己的無能為力。

打破沉默的還是內海先生。

「鬼燈小姐，能不能打開祠堂的門呢？」

聽到這個請求，鬼燈小姐顯得非常猶豫。

「……但是這不好吧。」

「沒問題的，把手伸進去的警察不也沒事嗎？」

「是這樣說沒錯……但有必要冒險做這件事嗎？」

「我認為不會危險，而且這是為了印證我的想法是否正確，結果應該也能幫助到令弟。」

鬼燈小姐垂下眼簾，思考了很長一段時間。應該是在比較危險性和可能性吧。不過看樣子有了實際上沒事的先例，讓天秤傾向一側了。

「……我知道了，但是請您務必多加小心。」

「好。」

接著，兩人決定打開禁忌的祠堂大門。他們準備進入中庭。我無法繼續沉默，也跟著踏出一步，

「內海先生，我也要去。」

不過，內海先生一如預料馬上搖頭。

「今留小姐不行。如果我的假說正確，虛值本來就不穩定的妳，有可能會像太郎小弟弟那樣被時間的漩渦吞沒。」

「可是……」

「我們說好不勉強，對吧？」

「……我知道了。」

約定就是約定，不能反悔。我心不甘情不願地點點頭，但表情透露不滿，不知道是不是因為這樣，內海先生稍微思考後提出讓步的方案。

「在不影響ＩＰ的範圍內，從外面看應該沒問題，但是絕對不能進來中庭。」

這樣也沒關係。都來到這裡卻被孤立在外，我才不要。我乖乖點頭。等我們的對話結束之後，鬼燈小姐開始操作電磁波阻隔牆上的面板，牆壁的一部分緩緩滑開。

「那今留小姐就留在這裡。」

「好……」我目送進入中庭的內海先生和鬼燈小姐的背影。我看了一眼ＩＰ裝置，並沒有什麼變化。既然如此，我應該也可以靠近一點才對……不過有可能會惹內海先生生氣，還是忍耐一下好了。

「鬼燈小姐，麻煩了。」

「……好。」這裡可以聽到兩人的對話。入口距離祠堂不到十公尺，打開祠堂的瞬間說不定會有什麼東西在裡面，所以為防萬一我半身躲在牆後窺探。中庭的景色和我記憶中幾乎一樣，只是鮮紅色的鬼燈草叢比六年前更茂密了。

鬼燈小姐拿出鑰匙，打開祠堂的鎖。

然後停頓了一下，才左右敞開祠堂的門。

我也很在意裡面到底怎麼樣。不過，已經說好不勉強，所以門打開的瞬間我整個人躲在牆後。

「……今留小姐，ＩＰ現在怎麼樣？」

中庭傳來內海先生的聲音。我確認裝置。

「還是0，沒有什麼變化。」

「這樣啊……那妳就從那邊看過來。」

「我知道了……」

我戰戰兢兢地從牆後用單邊眼睛望向祠堂。

敞開的祠堂門深處，雖然被兩人的背部遮擋看不清楚，但裡面確實有一股黑暗。

——黑暗？不對，那是光？

我不知道到底是哪一個。很黑，但又很白。混合各種顏色的黑，還有混合各種光的白。我覺得可以同時看到這兩種顏色，但明明這是不可能的事啊。

「這的確只能說是黑暗呢。」

「是啊……」

內海先生和鬼燈小姐的聲音。他們只看得到黑暗嗎？

他們沒有再說話，只是默默看著祠堂裡面。

過一陣子，內海先生突然把右手伸進祠堂。

「內海先生?!」

「內海先生，別這樣！」

我和鬼燈小姐同時喊出聲。但是內海先生一臉沒事的樣子笑了笑。

「沒問題的，警察不是也把手伸進去了嗎？」

「是這樣……沒錯……」

「對不起，鬼燈小姐。我是真心想幫助令弟，但更多的是我的好奇心。我人生中最超乎理解的現象，就在眼前，我一直都想親手觸碰這樣的東西。」

內海先生說的話，讓我覺得很意外。我一直以為，內海先生是為了太郎小弟弟，甚至是為了鬼燈小姐才持續調查鬼隱事件。但事實並非如此。話說回來，內海先生一開始就說過，他想要證明只會出現在科幻小說裡的那種現象。接著，內海先生緩緩把手伸進祠堂的黑暗之中。我看得到他的肩膀微微移動，他是在裡面摸索嗎？出於擔心，我不禁往中庭邁了一步。

「沒……沒事吧？」

「沒事。不會痛。總覺得……有種不可思議的觸感……手碰不到牆壁。抱歉，鬼燈小姐，能不能往那邊移一點。」

聽到內海先生這麼說，鬼燈小姐稍微移動一下站在祠堂旁邊。如此一來，我就能清楚看到祠堂內部了。

「從那邊看起來怎麼樣？我的手像是已經碰到牆了嗎？」

「……這個嘛，如果沒有彎手肘的話，應該是可以碰到牆才對。」

「我的手是伸直的喔。這樣啊，果然這裡面的空間不是一般常識能理解的。」

內海先生一邊說一邊稀鬆平常地把手從祠堂抽出來。

他一邊握緊又鬆開自己的手一邊觀察，鬼燈小姐用稍微嚴肅的語氣說。

「內海先生，請不要做這麼危險的事。」

「對不起，鬼燈小姐，手伸進去也沒有任何感覺，目前似乎無法幫助令弟。」

「那……真是遺憾，不過我不是要說這個……」

內海先生和鬼燈小姐似乎有點爭執，但我的耳朵現在正專注在聽另一個聲音。

『還還還還還沒沒沒沒沒好好好好好喔喔喔喔喔』

那是很輕微的，男孩子的聲音。

內海先生把手從祠堂抽出來的時候，我確實聽到了。

而且，我看得到。看得很清楚。

祠堂裡有一隻小小的手往這裡伸。

內海先生沒有看見那隻手嗎？鬼燈小姐聽不到這個聲音嗎？

這個聲音——是太郎小弟弟嗎？

我望向祠堂內部。小小的空間裡，充滿光亮與黑暗，混雜各種顏色般的，渾沌的時間漩渦。

『還還還還還沒沒沒沒好好好好好喔喔喔喔喔』

我又聽到了。太多聲音疊在一起，我聽不懂是什麼意思。但是，不知道為什麼我能聽到。

我知道。我真的知道。

太郎小弟弟就在那裡。

他一直在那裡，等著有人找到他……

我要幫助有困難的人。

身體在我思考之前就動了起來。

「……今留小姐?!」

內海先生的手伸向我。但是已經太遲了。不到十公尺的距離，以我的腳程馬上就到了。

內海先生抓住我的左手腕，但是到這裡也一樣。我只瞥了一眼，ＩＰ裝置的數值，非常混亂。

接著，我一頭衝進滿是光明與黑暗的祠堂中。

×××

祠堂裡很暗。

但是又很明亮。

又亮又暗，一定是因為祠堂的門一直開開關關吧。門的開闔同時發生，所以才會又亮又暗。基本上關著的時間比較多，所以應該比較長時間處於黑暗之中。偶爾變亮的時候，會摻雜外面鬼燈草的紅色。

這裡面有好多時間。在這個地方流逝的時間，全部都集中在這裡。被時間超越，就是這麼一回事嗎？

太郎小弟弟應該就在這裡的某個地方。他的虛質應該就在這裡面，在這個漩渦般的寬廣大海的某處。

「太郎小弟弟！」

在我開口前，另一個我已經喊出他的名字。

「太郎小弟弟！」

「太郎小弟弟！」

「太郎小弟弟！」

「太郎小弟弟！」

每個時間裡的我，同時喊著他的名字。

我的直覺告訴我，只有這個方法能拯救被捲入虛質漩渦的太郎小弟弟。

沒有存在感的太郎小弟弟。被家人遺忘，被朋友忽視，躲貓貓也沒有被找到……最後被隱鬼附身，虛質密度變小，就此被時間之流拋在腦後。

所謂的存在感，一定和虛質密度有比例關係。

我也是這樣。高中、大學都沒有存在感的我。即便就在現場，也經常被忽視。我小時候沒有這樣，現在回想起來，應該是那次在十字路口昏倒之後才產生改變的。當時，我的虛質在那個十字路口變得不穩定，虛質密度變小了，存在感也變得很弱。

內海先生說過，只要讓虛質密度變大，就能幫助太郎小弟弟。

也就是說，只要讓沒有存在感的孩子，知道自己確實存在就好了。

既然如此，幫助他的方法只有一個。我毫無憑據地就確信這一點。

「太郎小弟弟，回家吧！姐姐很擔心你。」

我的聲音他能聽到嗎？但是，我聽到的那個聲音說：

『還沒好喔。』

『還沒好喔。』

『還沒好喔。』
『還沒好喔。』
非常堅持要躲起來的太郎小弟弟。我懂他的心情，他一定很害怕，害怕自己被遺忘，害怕沒人找到他。
我以前也是這樣。高中的時候和國中時期的朋友分開，在那之後自己的存在感就變得很薄弱，大家都不會注意到我。即便交了新朋友，也會擔心和大家一起玩的時候會被遺忘，因為太害怕而不敢積極交朋友。如果一開始就沒朋友，那就不會有被遺忘的問題了。
因此，太郎才會想要躲起來。沒有人忘記我，也不是沒有人在找我，是我自己躲起來而已，所以獨自一個人是很正常的。只要這樣想，就能感到安心。
然而，我聽見了。好幾個太郎都這樣說。
不知道是現在、過去還是未來。
但是太郎小弟弟真的有這樣說過。
他說「已經夠了」。

所以……

「已經夠了！已經沒事了！我……」

接著，我面對虛質之海奮力大喊。

「我會呼喊你的名字！」

×××

「……小姐、今留小姐！」

……遠處傳來內海先生的聲音。

模模糊糊睜開眼睛，內海先生的臉就近在眼前，讓我嚇了一跳。

「……內海、先生？」

「妳沒事吧？為什麼要這樣亂來！意識清楚嗎？有沒有哪裡覺得痛？身體有沒有異狀？」

內海先生一臉焦急地不停問問題。啊，內海先生也會有這種慌張的表情啊？

我總覺得好像看到很不錯的東西呢。

「……我覺得背後很溫暖。」

「那是……抱歉，因為我抱著妳……」

抱著我？內海先生嗎？抱我？

突然覺得有點害羞，但身體無法按自己的想法移動。我心想也好，這樣就可以再讓他抱一下了。

「我沒事……比起這個，太郎小弟弟呢……？」

聽到我這樣問，內海先生抿著嘴一臉困擾的樣子，他好像不知道該怎麼說。到底怎麼了。

等到稍微冷靜下來，我才發現旁邊傳來女人啜泣的聲音。

「……鬼燈、小姐？」

鬼燈小姐跪在祠堂前，小小的肩膀正在顫抖。

「今留小姐……謝謝妳……真的很謝謝妳……」

鬼燈小姐一邊啜泣一邊向我道謝。難道說……

「內海先生……太郎小弟弟呢？」

當我再度問這個問題時，內海先生放棄似地嘆了一口氣，把我的上半身撐起來。

「……看得到嗎？」

在內海先生的引導下，我望向祠堂裡面。那裡有一具已經乾癟癟的男孩遺體。

4

後來……

為防萬一，內海先生開車載我去醫院。

爸爸媽媽趕來之後聽到事情經過，我就被大罵了一頓，連內海先生也一起被罵一起道歉。其實我真的對內海先生感到很抱歉。

據說媽媽透過鬼燈小姐重新調查過祠堂，但是祠堂已經變回普通的祠堂了。

內海先生說，應該是空間的虛質密度變大，時間的流動就變正常了。

我躺在病床上的那段時間，內海先生和媽媽討論，大致找到這些現象的原因，結論就是我做的事是正確的。

虛質密度過小，等於存在感薄弱。再加上想躲起來的意志影響了虛值，虛質密度小到超過臨界值的太郎小弟弟，和空間一起捲入虛質的漩渦之中，就這樣被時間之流拋下。

要讓這樣的空間回歸正常，只要把虛質密度校正回來即可。

據說方法就是觀測到虛質並且降低變動量——以這次的例子來說，就是喊他的名字，幫助他固定自我。

因為我一直喊太郎小弟弟的名字，所以才能把飄盪在虛質之海的太郎小弟弟打撈上岸，空間虛值也回歸正常。

然而，在祠堂中度過九年的肉體，早就已經腐朽了。

即便如此，鬼燈小姐還是一直感謝我。她來到病房，再度向我道謝，但是我不知道該用什麼表情面對她。

我真的幫助了太郎小弟弟嗎……

「當然。」

內海先生這樣說。

「今留小姐很厲害。我什麼都做不了，但是今留小姐毫無疑問地幫助了太郎小弟弟。」

是、是這樣嗎？這樣就好了嗎？

「內海先生……」

「是，怎麼了？」

「我只是想幫助人。」

「為什麼？」

「我想要幫助有困難的人，然後等對方問我的名字時……我就可以說區區小事不足掛齒。」

內海先生瞬間停住動作，然後噗哧一笑。

「啊哈哈，什麼啊？」

「很奇怪吧……但是爸爸對我說過，要不求回報地幫助別人。所以，我當時覺得，所謂的不求回報就是這樣。」

「原來如此，所以妳才想要幫助別人。」

內海先生又輕輕笑了起來，然後突然深吸一口氣。

「現在回想起來，第一次見面的時候，今留小姐也是想幫助我對吧？」

「雖然那只是我會錯意。」

「不是的，今留小姐。」

內海先生用溫柔的聲音喊我的名字。

「妳是非常出色的女性。」

怎麼這樣……

怎麼說出我最想聽的話。

這樣我就無法思考了啊……

中場休息

今天是大學畢業典禮。

「小栞！恭喜畢業！」

「嗯，美智子，也恭喜妳！」

「唉呀～有段時間我還在想以後不知道會怎麼樣，大家都能一起畢業真是太好了！」

「對啊，真是太好了。」

平安畢業的我，和為數不多的朋友美智子一起互相祝對方畢業快樂。

自從大二發生那件事之後，我就努力交朋友。我對太郎小弟弟說出那種豪言壯語，要是繼續這樣沒存在感就不能當好榜樣了。

雖然為數不多，但在我的努力之下，總算結交到好朋友。託朋友的福，大學生活過得還算充實。

而且，更值得慶幸的是……

「……啊，小栞～」

「咦？」

「妳老公來接妳了～」

「呃……」

聽美智子這樣說，我回過頭看，舉辦畢業典禮的文化中心前有一排樹，內海先生就站在那裡。他看起來沒有注意到這裡。美智子勾著我的脖子，在耳邊低聲說。

「你們兩個還沒交往啊？都要畢業了耶。」

「呃……嗯……」

解決鬼隱事件之後，我和內海先生經常在假日見面。內海先生會告訴我研究成果，我則是會報告近況，當然也會閒聊。我們只是朋友，但是在別人眼裡看起來……應該很像情侶。

這段期間我和美智子成為朋友，她也知道內海先生的存在。我解釋過我們只是朋友，但美智子總是調侃我說：「真的嗎？」

某天我和美智子兩個人單獨聚會的時候，我藉著酒意還是坦承自己對內海先生有特別的感情。

在那之後美智子就沉不住氣了，只要一有機會，不對，就算沒有機會她也會鼓吹我告白。但是，我沒有這個打算。如果被拒絕，我們連朋友都做不成了，我不想這樣。美智子一直說「妳很笨，真的笨死了」，但我還是拖拖拉拉直到畢業。

「小栞，妳要知道這是最後一次機會了。等一下他會帶妳去吃飯對吧？妳就趁那個時候告白吧。沒問題，一定會順利的。」

「這個……真、真的嗎？」

「真的！」

即便美智子如此斷言，我還是無法鼓起勇氣。

說實話，我自己也覺得差不多該從朋友更進一步了，否則畢業之後兩個人的關係可能會疏遠。但是內海先生看起來對我完全沒有那個意思，會不會他真的對我沒有興趣？只是把我當成朋友而已？

「總之，妳先去吧！我之後再跟妳連絡，再跟我報告進度啊！」

美智子從背後推了我一把，我踉踉蹌蹌地朝內海先生走去。內海先生發現我，溫柔地笑著揮了揮手。

我回頭看，美智子對我比了大拇指就走了。

「抱歉，妳朋友沒關係嗎？」

「咦，啊，對。沒關係。內海先生是來找我的啊？」

「是啊。畢業快樂，今留小姐。」

「謝謝你。」

我一邊道謝一邊在心裡想著完蛋了。早知道內海先生會來，我就穿正式的和服了。當初想說穿和服花錢又麻煩，所以才穿套裝，這樣一點女人味也沒有啊！

「今留小姐接下來有什麼行程嗎？」

「啊，沒有耶。」

其實爸爸有說要一起吃飯，但為防萬一我回答「可能會跟朋友去吃飯」，所以可以取消。

「這樣啊，那我們一起吃個晚餐怎麼樣？慶祝妳畢業，我請妳吃頓飯吧。」

「好啊，我很樂意。謝謝你。」

來了。我回答時假裝平靜，但心臟其實狂跳。這頓晚餐是最後的機會嗎？一定要趁這次告白嗎？我自己在心裡手足無措，相較之下內海先生還像往常那樣沉穩。

「還有……如果可以的話，在吃飯之前我想去一個地方。」

×××

內海先生開車抵達的地點，就是當初我和他再次相遇的穗尾付町廢棄醫院。

「我聽說這棟建築物今年要拆掉了，想說來看最後一眼。」

「原來如此……」

我抬頭看這棟醫院。雖然只有幾天的時間，但是在這裡發生好多事。聽到這裡要拆掉，我也是感慨良多。

我站在曾經和內海先生聊天的那個涼亭長椅旁邊。連這裡也會被拆掉嗎？

「我們是在這裡自我介紹的，對吧？」

「是啊，好懷念喔。」

「我們也是在這裡重逢的。那時候今留小姐長大成人，我嚇了一跳呢。」

我想起那天的事。說到這個……

「那時候內海先生看起來很驚訝耶。」

聽到他喊我名字，我回過頭的時候，內海先生不知道為什麼眼睛稍微睜大了一點，一臉非常驚訝的樣子。我當時覺得很不可思議。

「我有長大那麼多嗎？」

「有啊，但是不只是因為那樣……」

不只是因為那樣，那是因為什麼？我等著內海先生把話說完。

內海先生認真地看著我的臉，突然轉移視線望向醫院，然後再度看著我溫柔地笑了。

「今留小姐。」

「怎麼了？」

「今留、栞小姐。」

「……是。」

他喊著我的名字，讓我心臟怦怦跳。內海先生第一次叫我「栞小姐」。

接著，他看著我的眼睛，對我說話。

「我喜歡妳，妳可以當我的女朋友嗎？」

──那個瞬間，我的表情。

內海先生後來告訴我，一輩子都忘不了我當時的表情。

但是，我不知道自己當時是什麼表情。我只覺得時間暫時停止又開始流動，理解那句話的意思之後，臉頰突然變得好熱，嘴唇顫抖，眼淚也流了下來。

用內海先生遞過來的手帕擦了眼淚，什麼話都說不出來的我點了好幾次頭。

「太好了，我還在想要是被拒絕了怎麼辦。」

「我……怎麼可能……拒絕！我今天，一直在煩惱要不要告白……結果，你竟然這麼輕鬆就……」

我一邊啜泣一邊抗議，內海先生一臉苦惱地笑了。

「對不起。但是，我本來就想好了，如果今留小姐到大學畢業都沒有交男朋友，我們也一直都有連絡，那就要向妳告白。」

「……為什麼不早一點說啊？」

「這個嘛……我們年紀差很多……」

「差六歲很正常啊！」

「是嗎？不過，也不只這樣。」

內海先生再度將目光轉向醫院。

「我一直都很喜歡今留小姐，我想今留小姐多少對我也有好感。但是，我們在這裡發生的事情太有衝擊性了。先不說我，如果今留小姐是因為吊橋效應，才對我有特別的感情，那這種感情早晚會冷卻。」

「如果我的感情冷卻，你就會乖乖放棄嗎？」

「嗯，這個嘛……我應該會抱著失敗也沒關係的心情告白。」

「……那就好。」

我雖然鬧了彆扭，但聽到這個答案就放心了。雖然只是假設，但我不希望他輕言放棄。只是我很在意，內海先生說他一直都很喜歡我，那到底是從什麼時候開始的呢？難道是國中的時候？

「內海先生，我可以問你一個問題嗎？」

「可以。什麼問題？」

「那個……你是什麼時候……開始喜歡我的？」

「這個啊……」

內海先生一副很懷念的樣子用手指撫摸涼亭的木桌。

「最初的契機是今留小姐二十歲的時候，我們在這裡重逢的瞬間。」

「重逢的……瞬間嗎？」

為什麼呢？難道是因為我變得很漂亮嗎？不對不對，我怎麼會這麼得意忘形，怎麼可能啊。

「妳剛才說過，當時我看起來很驚訝對吧？」

「是啊……」

「一方面是看到今留小姐張大成人很驚訝，但是……」

但是什麼？內海先生閉了閉眼睛，然後開心地笑著說。

「今留小姐那時候笑得好開心。」

我非常意外。

回想起那天。那年夏天很熱，我不知道該如何面對六年沒見的內海先生，假裝沒聽到他走近的腳步聲。

聽到內海先生喊我的名字，我回過頭。我完全不記得當時自己是什麼表情。原來，再度見到內海先生的我那麼開心啊。

「妳用那個笑容喊我的名字，我就淪陷了。那就是開端。」

「……我的表情有那麼開心嗎？」

「有啊。看過那個笑容的話，任誰都會喜歡今留小姐的。」

聽他這樣說，我覺得很害羞，臉頰又開始泛紅。但是，我很想感謝當時的自己。因為她，內海先生才會喜歡我。

「再來就是幫助太郎小弟弟的時候吧。其實妳做的事情不完全值得誇獎喔，沒有謹慎思考，實在太危險了。」

「是，對不起……」

突然被訓話，原本飄飄然的心情瞬間消退。

但是，內海先生再度用溫柔的聲音，說了讓我開心的話。

「但是妳完成了我和鬼燈小姐都做不到的事。身為陌生人，今留小姐不顧風險進入時間漩渦幫助太郎小弟弟的時候，我就覺得妳真的是很棒的人。」

當時，我已經渾然忘我。只是和太郎小弟弟有所共鳴，所以當時的我說不定只是認為幫助他也是在幫助自己。如果是這樣的話，那我真的很任性。

然而……

「回想起來，我一直看到今留小姐在幫助別人，讓我覺得妳是一個很溫柔的人。正因為如此，我想……」

內海先生緩緩地握著我的手。

「我想守護妳。」

他這樣說。

不行。感覺又要哭了。內海先生是因為我的笑容才喜歡我的，必須笑才行。

內海先生的聲音，就像擦去淚水的手帕一樣包覆著我。

「今留小姐。」

「……請叫我的名字。」

「……栞小姐。」

「我在，進矢先生。」

我用顫抖的聲音，喊了他的名字。

「我喜歡妳，請妳當我的女朋友。」

他再度告白，我才想到，我還沒有明確給他回答。

「好，我很樂意。請多多指教。」

×××

當時我的笑容，讓他再度淪陷。

進矢先生在向我求婚的時候，這樣對我說過。

第四章 老年期

1

4月3日

今天是第一次約會。

我和進矢先生經常兩個人單獨外出，但交往之後是第一次。所以今天是第一次約會。

我嚇了一大跳！朋友和情侶，兩個人一起出去玩的意義完全不同！

即便是之前已經做過很多次的事情，一想到和進矢先生已經是情侶關係，就覺得小鹿亂撞。如果去做以前沒做過的事情不知道會怎麼樣，好像有點恐怖。

妳過得怎麼樣？有沒有這樣的對象呢？

期待妳的回覆。

×××

3月25日

進矢先生順利從九州大學畢業了。

媽媽希望進矢先生來研究所工作，但進矢先生拒絕了。他好像打算去應徵歷史資料館的工作。

我希望進矢先生去做他想做的事，因為進矢先生做自己喜歡的事情時最帥。

我為了支持進矢先生，開始學習ＦＰ２級的知識。拿到３級已經是很久以前的事，很多東西都忘記了。

五月要考試，我要加油！

妳有沒有什麼正在努力的事？

期待妳的回覆。

×××

7月30日

今天，我告訴爸爸和進矢先生交往的事情了。

我想要和爸爸、進矢先生一起慶祝生日，所以在媽媽的提議下，邀請進矢先生來家裡。

爸爸和進矢先生是第二次見面。

雖然有點不安，但進矢先生一直都很有禮貌，所以爸爸也認可我們交往的事情了。

直到最後都尊重我的想法，我最喜歡這樣的爸爸了。

妳呢？妳和爸爸感情好嗎？

我的家庭會如此幸福，都是託妳的福。

如果可以向妳道謝，讓我道謝幾次都可以。

期待妳的回覆。

×××

12月14日

我和進矢先生吵架了。
不敢相信。明明就要過聖誕節了。
雖然我有錯，但進矢先生也有錯。
我想要在聖誕節之前和好。
怎麼辦？
妳覺得該怎麼辦才好呢？
期待妳的回覆。（要盡快！）

×××

7月30日

今天我就二十六歲了。

今年的生日，讓我終生難忘。

進矢先生向我求婚了。

我都哭了。現在想起來還是很想哭。

我可以這麼幸福嗎？

妳過得怎麼樣？

期待妳的回覆。

×××

5月11日

事情好不容易告一段落，久違地寫個日記。
生孩子真的好辛苦喔，我現在不想再生第二個了。
可是小孩真的好可愛，他是個很活潑的男孩。
我們取名為「修真」，意指學習真理。感覺有點誇張對吧。
因為我和進矢先生的名字，發音的開頭都一樣，所以孩子也用相同的發音。
從今以後我就是媽媽了。
不知道會不會成為好媽媽，請妳守護我喔。

×××

4月6日

修真也要升小學了。

我突然想起自己小學一年級的時候。

當時爸爸和媽媽差點離婚，現在想起來，那是我人生中最大的危機。雖然他們現在感情很好。

我和進矢先生也感情融洽。偶爾會小吵架，但馬上就會和好。

我絕對不會讓修真像當年的我一樣。

……嗯，如果是進矢先生一定沒問題的。

×××

8月17日

進矢先生和修真因為升學的問題吵架了。

修真不想讀大學，想要成為藝術家。進矢先生覺得應該一邊讀大學一邊完成夢想。我覺得他們兩個說得都對。

如果他們兩個人的意見無法折衷，我最後還是想尊重修真的意願，就像爸爸和媽媽對那樣。

所以，下次我會和進矢先生好好談。

不知道會怎麼樣。因為進矢先生有時候意外地頑固呢。

請妳為我加油。

×××

3月8日

爸爸去世了。八十五歲。我覺得已經是壽終正寢了。

修真也從東京回來。明明工作很忙還特地回來，真的很感激。

我好像是第一次看到媽媽哭。

這是我第一次體會到人的死亡。

死亡真的很可怕。

好可怕。

×××

12月28日

修真帶著孫子回來。

孫子非常可愛，我也想讓媽媽看看他。

進矢先生變成一個寵溺孫子的爺爺。我心想那自己就要更嚴厲才行，可是看到孫子的笑容，我的決心就動搖了。

小孩怎麼會這麼可愛呢？

×××

7月30日

修真突然回家，我還以為有什麼事，原來是要慶祝我邁入古稀之年。

古稀。不知不覺就七十歲了。時間過得真快。

這本日記越來越少寫了。最後一次寫是兩年前，下次寫不知道是什麼時候了。

希望無論到什麼時候，都能像今天這樣在日記裡寫下開心的事。

妳過得怎麼樣？

好久沒有這樣問妳了。

我不知道能活到什麼時候，妳也該回應一次了吧？

那我就久違地再寫一句。

期待妳的回覆。

栞

2

「栞小姐？」

聽到溫柔的聲音，我突然回過神。

回頭一看，進矢先生站在那裡。在我閱讀的日記裡、我的記憶裡，還有在現實之中一起與我度過歲月的，我最愛的人。

「送魂火準備好了喔。」

「啊，好。馬上來。」

我闔上手邊的日記。進矢先生一副很有興趣的樣子看著日記本。

「是紙本書耶，妳在讀什麼？」

「與其說是書……其實是日記，我的日記。」

「哇，這就是傳說中的日記。我聽說是手寫的，量很多耶。」

「是嗎？」

我總覺得有點害羞，不自覺用手遮住封面上的名字。我有告訴進矢先生從七歲開始就寫日記這件事，但這是他第一次看到日記本。

第一本是非常普通的筆記本。寫完第一本的時候，我覺得筆記本不太適合寫日記，第二本開始就買了有一整年日期的日記本。但是後來又覺得有寫日期，沒寫的話那一頁會浪費掉，所以後來又改成沒有日期的日記本。

日記寫得最頻繁的時期，除了小學剛開始寫那段時間之外，再來就是人生最繁忙的大學時代了。長大成人之後，書寫的頻率漸漸減少，久違地翻開日記本，最後的日期已經是三年前了。

「全部大概有二十本。以記錄七十年的人生來說，量算是很少了。」

「但是我一本也沒寫，所以覺得這樣已經很夠了。」

「最後一次寫已經是三年前耶！連我自己都嚇了一跳。這三年之間也不是什麼都沒發生……但總覺得時間變得好快。」

沒有寫日記的三年。就算盡力回想，也想不太起來。大學時期的事情和更久以前的事情明明可以輕鬆想起來啊。

「這就是洋特法則。」

「洋特？」

「簡單來說，就是年紀越大越覺得時間變快。」

「啊，這種東西也有法則啊？」

「這是簡單的算術問題。譬如說，對七歲的小孩來說，一年就是人生的七分之一，七十歲的一年就是人生的七十分之一。也就是說，我們的時間，比七歲的時候快十倍。」

「原來如此，這樣說好像也對。」

也有人抱著這麼有趣的想法在思考這件事。如此想來，日記會跳著寫或許也是很正常的事情。

「不過，為什麼睽違三年突然翻開日記？有發生什麼事嗎？」

「啊，這倒沒有，只是覺得想翻開看看。」

我含糊地笑著回答。我不想說自己是覺得大限將至才翻看日記，免得進矢先生擔心。畢竟我也沒有什麼憑據。

我從緣廊穿上涼鞋走到庭院裡。黃昏時刻，天空染上朱紅色，暮蟬的叫聲顯得很寂寥。進矢先生在陶盤上的麻稈點火。蹲在旁邊，細細的煙衝進鼻腔，喚醒我的淚腺。總覺得這個味道，讓人感覺到夏季的結束。明明接下來會更熱。

看著搖晃的小小火焰，我在心裡悄悄說。爸爸、媽媽，明年再見。明年，說不定我就會去找你們了。

等麻稈燒完，我們才回到家裡。盂蘭盆節的連假休到昨天，兒子夫婦和孫子都回去了，客廳只剩下我們兩個人顯得非常寬敞，讓人覺得有點寂寞。不過，回歸和進矢先生兩個人獨處的空間我也很開心，只是這樣對孩子們有點抱歉。

先回到家裡的進矢先生端著泡茶的道具過來。

「今天喝什麼茶？」

「藍山紅茶加一點臭橙果汁。」

笑咪咪的進矢先生。他到這個年紀才突然對茶葉產生興趣，每天都讓我喝一些從來沒聽過的茶。這也是我的樂趣之一。

我經常用伴手禮的餅乾配茶，和進矢先生一起享受下午茶。充滿臭橙香味的冰茶非常爽口，讓人瞬間忘卻夏季的酷熱。

「明天要去醫院對吧？」

「對，吃完早餐就出發。」

「身體怎麼樣？有沒有哪裡不舒服？」

「我沒事。」

我對著一臉擔心的進矢先生苦笑擺擺手。

今年，尤其是這個月開始，我經常覺得胸口很悶。

我沒有很擔心，但是在進矢先生的堅持之下，上上週開始到醫院看診。醫生也說不用擔心，開了常見的中藥給我。進矢先生有點愛操心，雖然這一點很令人感激就是了。

但是，我有時候胸口還是會很悶，無法保持平靜。畢竟已經這個年紀了，就算哪裡生病也很正常。為防萬一，明天還是請醫生檢查看看。

「對了，難得翻開日記，妳要不要重新開始寫？」

「寫日記嗎？」

「對啊，每天記錄用藥和身體狀況，看醫生的時候也很有幫助吧。」

「嗯，說得也是……」

我假裝思考。

每天記錄身體狀況，光想就覺得很麻煩。三年沒寫日記的我，不覺得自己能辦到。不過進矢先生是因為擔心我才這樣提議，不假思索就拒絕我會很愧疚。

「……那就久違地寫寫看吧，總之先寫今天的份。」

「只寫今天嗎？」

「明天會有明天的想法嘛。」

「是這樣嗎?」

進矢先生聳聳肩一臉受不了地笑出來。

他像是面對調皮小孩的視線,我非常喜歡。

×××

8月16日

我好久沒有寫這本日記了。

我想著上次寫不知道是什麼時候,翻了翻日記,發現已經是三年前的事了。剛好是三年前慶祝七十歲生日那天。到了這個歲數之後,每天都沒有什麼值得記錄的事情,三年的時間一眨眼就過了。

年紀越大越會覺得時間過得快,據說這種現象叫做洋特法則。妳知道這個法則嗎？哎呀，我竟然一個不小心就開始賣弄知識，其實我也只是聽進矢先生說過而已。畢竟我只能向妳炫耀，只好請妳多多包涵囉。

妳過得好嗎？還是像以前一樣嗎？

我啊，最近經常覺得，自己應該是大限將至了。今年，尤其是這個月開始，我就經常覺得胸口很悶，但是醫生說沒什麼問題。

我在想，或是這是我最後一次寫這份日記了。如果真是如此，我就要和妳告別了。

結果，妳還是一次都沒有回應我。

今天，我重新讀了妳寫的日記，從一開始的那篇看到最後。

真是不可思議，都已經過去幾十年了，我還是能清楚想起那天的事情。

我第一次和妳相遇……不，不能說是相遇。那該怎麼說才好呢……應該說是發現？感覺到？好像都不對……說不定只是我哪裡怪怪的而已。年輕的時候，我覺得不可能，但現在想想，說不定答案意外地單純。表示那個時候父母失和，對我來說真的非常痛苦。

總之，我第一次……「遇見」妳，還是用「遇見」好了。我久違地想起，第一次遇見妳的時候。

當時的我面臨父母離婚的危機，而且打算選擇其中一邊。那個時候，如果腦海裡沒有妳的聲音，我可能就會選邊站，父母一定就那樣離婚了。

選擇爸爸的我。選擇媽媽的我。每個我都會存在於平行世界當中嗎？妳該不會就在那樣的世界裡吧？在那個世界的我很不幸嗎？所以為了不讓自己走上相同的路，妳才會阻止我……是不是我想太多了呢？

說不定那只是我內心的心聲，這本日記也只是我一個人的遊戲。

無論如何，我都想向妳道謝。

託妳的福，我很幸福。

因為妳，父母在死別之前都一直在一起。如果當初父母離婚，我或許就不會遇見進矢先生，我真的無法想像那樣的人生。沒有遇見進矢先生的我，到底會度過什麼樣的人生呢？我會一直孤身一人嗎？還是說，我會遇到不同的人，愛上其他人呢？

妳呢？

妳有遇見進矢先生嗎？還是遇到其他人了？妳是不是一直獨自哭泣呢？

如果妳現在過得不幸福，有沒有我能幫得上忙的地方呢？

我希望妳能幸福。

我大概等不到妳回覆了。

但是我還是要說。

期待妳的回覆。

栞

3

八月十七日，早上九點四十分。

在醫院的診療不到五分鐘就結束了。

「身體狀況怎麼樣？」

「沒有什麼不同。」

「看起來沒什麼問題，那我就開一樣的藥。」

「好，謝謝醫生。」

「那就兩週後見，您多保重。」

這樣就結束了。這應該不是敷衍，而是真的沒什麼問題。今天身體狀況很好，而且心情也很好。

常來看診的醫院，離家有點遠。以前在附近的十字路口昏倒之後，就經常在這裡看診。難得搭計程車過來一趟，就這樣回家好像很可惜。雖然沒有其他的事，但我想回去就不要搭計程車，久違地沿著站前的商店街走回去。

來到醫院，就會覺得自己腿腳能隨意走動很感恩。我還能自由使用自己的腳到什麼時候呢？為了讓那一天晚一點到來，所以我一直盡量活動身體。

今天一大早就很熱，我在自動販賣機買了礦泉水潤喉，沿著大馬路朝車站走，就可以看到寬廣的十字路口。

昭和路的十字路口。把這個地方都市中心區分成四塊的最大十字路口。行人號誌已經轉成綠燈，所以我開始過馬路。隔著馬路的對面，西南側的廣場上有一座穿緊身衣的女人雕像俯視著路過的行人。以前我昏倒的十字路口就是這裡。我一邊回想國中時期的事情，一邊慢慢往前走。

走過馬路之後，再往前走一段，不知道為什麼我突然覺得很心慌。

咦？

怎麼回事？好像我忘了什麼一樣。

我摸摸口袋，打開手提包。看起來沒有東西不見，但是，我總覺得弄丟了什麼東西。

東翻西找之後，我看到自己手腕上的ＩＰ裝置。就像媽媽曾經說過的，很久之前每個人在出生的時候就有義務登錄虛質基準，現在所有國民都理所當然地穿戴ＩＰ裝置，確認自己在哪個平行世界。

而我的ＩＰ裝置出現ERROR。

「咦……壞掉了嗎？」

重新開機仍然顯示ERROR。應該是壞掉了。可能是我感應到裝置故障吧？

會嗎？不可能吧？嗯，不過壞掉也沒辦法，明天去公所換一個新的吧。我想好之後，又開始思索是不是有東西掉了。但是，無論我怎麼想，都想不到有什麼東西不見。

那大概是我多心了，我繼續往前走，一邊看著喜歡的店一邊在商店街閒晃。不過，那個好像丟了東西的感覺一直在心裡揮之不去。

結果，因為實在太在意，為防萬一我只好往回走。

我仔細注意走來的路上是不是掉了東西，但是並沒有發現什麼。真奇怪。我一邊想一邊走回十字路口。

突然……

我注意到有緊身衣女人銅像的廣場上，有一個坐在輪椅上的男性。應該和我差不多年紀吧。那名年老的男性，坐在輪椅上縮著身體，好像很痛苦的樣子。

身體在我思考之前就動了起來。

「先生、先生，你沒事吧?!」

我拚命跑過去，順了順他的背。他身上都是汗，一定是什麼病發作了。不要等他回應比較好，我馬上就這樣判斷。

「我現在就叫救護車……」

「我的、藥……」

「咦？」

他痛苦地擠出聲音。

「請……幫我……拿藥……」

順著他的手指，我看到藥盒掉在輪椅的陰影處。我馬上撿起來打開蓋子。

「藥……哪一顆?!這裡面有很多藥！」

「全部……每種一顆……」

「每種一顆……這個，還有這個……」

我拿出每一種藥，靠近他的嘴邊。

「來，可以吃了。你有辦法吞嗎？」

他伸手打算接過藥丸，但我直接用自己的手把藥送進他的嘴裡。這些藥可不能再掉了。他乖乖地把藥含在嘴裡，我拿自己的礦泉水讓他配藥喝。陌生老太婆喝過的水可能會讓他覺得噁心，但現在是緊急狀況，還是讓他忍耐一下吧。

「要不要叫救護車？」

「沒關係……沒關係，謝謝妳……」

他看起來還是很痛苦，但是又擺擺手表示不需要。我想說如果他沒有好轉，我就要馬上叫救護車，所以在旁邊觀察了一陣子。

經過幾分鐘之後，他終於看起來好多了。他緩緩睜開眼睛，發現我還沒走，嚇了一跳似地抬起頭。

「唉呀……妳真是幫了我大忙啊。」

「哪裡。你真的沒事嗎？」

「託妳的福。」

「這樣啊，那真是太好了。」

意識清楚，說話口齒也清晰，看樣子真的沒問題了。我終於放下懸著的心。

坐輪椅的男性深深一鞠躬，對我說。

「妳真的幫了我大忙。我想答謝妳，如果可以的話，能告訴我妳的名字嗎？」

「不用啦，有困難的時候本來就要互相幫忙啊。」

我這樣回應。

我突然想起一個令人懷念的回憶。

那是我很年輕的時候。

爸爸希望我成為一個幫助他人又不求回報的人，為了實踐這個期許，我國中的時候曾經徒步在路上尋找有困難的人，雖然愚蠢但心中充滿熱情。

這是絕佳的好機會。千載難逢啊。

都這把年紀還是很激動，我忍不住說出那句話。

「區區小事，不足掛齒。」

終於說出口了。真的說出口了！我一直都想說這句話！

「但是……」

坐輪椅的男性不肯罷休。我忍不住，噗哧一聲笑了出來。他一定不知道我在笑什麼吧。

「怎麼了？」

「沒事，那個，呵呵呵。我死前一直想說一次看看，區區小事，不足掛齒。現在剛好趕上。」

突然聽到我這樣說，對方一定很困惑吧。不過，他溫柔地微笑，點了點頭。

「哈哈哈，原來如此，那剛才那麼痛苦算是值得了。」

「是啊。」

明明是初次見面，但我和他就像久別重逢的老友一樣，自然地相視而笑。腦海裡稍微浮現進矢先生的臉，我告訴自己，不對不對，這點程度還不算外遇啦。

不過，實在是太巧了……

我一直很在意一件事，在我開口之前，他就先說。

「那個……我們是不是在哪裡見過？」

「咦？」

聽他這樣說，我嚇了一跳，因為我也有這種感覺。但我又想著，會不會只是我的錯覺。我再度觀察他的臉，但是完全沒有印象。

「不好意思，請問你的大名是？」

「我叫高崎曆。」

高崎曆。高崎、曆……

「……抱歉，我沒有印象耶。」

我試著回憶，但對這個名字毫無印象。

「這樣啊。那妳的大名是？」

「我叫內海栞。」

「內海栞小姐……我也沒有印象耶。」

唉呀，如果只是一個人這樣也就罷了，有兩個人同時認錯人這種事嗎？當我們兩個人都歪著頭的時候，他突然想到什麼似地說。

「或許……我們在平行世界裡見過面呢。」

「啊，的確有這種可能。」

總覺得那好像偶像劇。如果是這樣的話，在那個平行世界，我和他會是什麼關係呢？

「又或者是，我們都年紀大了，老到什麼都忘了。」

「那還真討厭，呵呵呵……」

我們再度相視微笑。不知道為什麼，總覺得這段時光好幸福。

我突然想知道，對方是不是也有這種感覺。

這名柔和的男性，現在過得幸福嗎？

「妳現在……過得幸福嗎？」

有一瞬間，我以為那句話是我說的。

但不是我，是他開口這樣問的。看樣子我和他在很多地方都意氣相投。我在心裡向進矢先生賠罪。

「嗯，我很幸福喔。」

我坦率地回答。

「那真是太好了。」

他再度露出溫和的微笑。他一定也很幸福吧。

像是突然想到什麼似地，他表情浮現歉意。

「……那個，我會不會耽誤了妳的時間？」

「咦？」

「妳是不是原本要去別的地方？」

「啊……沒有，呵呵呵。我沒有要去哪裡。今天不知道為什麼就來到這附近了。」

「喔，是這樣啊。」

「是啊……不過偶然在這裡遇到你，還可以聊上天，我覺得很滿足。差不多該回家了。」

「啊，那真是抱歉，把妳留在這裡。」

「不會啦，我覺得很開心。你呢？」

「我……嗯，我在等人。」

「這樣啊，那我就先走了。」

「真的很謝謝妳。」

我對他點了個頭，便朝車站的反方向離開。看到計程車就馬上上車回家吧。不知道為什麼，現在就想見到進矢先生。不知不覺，我已經完全忘記剛才好像弄丟什麼的感覺。

走了一段路之後，發現同方向剛好有計程車。我抬起單手想要叫車，IP裝置突然映入眼簾。

上面仍然顯示ERROR。

4

「我在十字路口遇見一位很棒的紳士喔。」

我一邊喝進矢先生幫我泡的茶，一邊告訴他十字路口的事情。

雖然我沒有做什麼虧心事，但還是有點緊張。進矢先生看起沒有不高興，邊喝茶邊鼓勵我繼續說下去。

「他不知道是什麼病發作很痛苦，我碰巧幫了他的忙，不過總覺得我們很合，而且我們還彼此確認對方都過得很幸福。」

「那還真是難得的相遇耶。妳該不會忘記當初和我相遇的時候了吧？」

「唉呀，你這是在吃醋嗎？」

「一點點的話沒關係吧。」

「呵呵，真開心。進矢先生好可愛喔。」

聽到我隨口回應，進矢先生馬上嘟起嘴。總覺得年紀越大他越可愛，是我想太多嗎？

「然後啊，很不可思議的是，我們都覺得是不是以前在哪裡見過對方，但是問了名字，我也沒印象，結果就是我們都搞錯了。」

「這的確是很稀奇。只有一個人這樣想也就罷了，但你們是兩個人都有一樣的感覺對吧？」

「對啊，結果那位先生說，說不定我們在平行世界見過面。」

「啊，原來如此。的確是有這個可能。」

聽到進矢先生說的話，我開心地笑了出來。

「呵呵，我也說了一模一樣的話。果然我和進矢先生最有默契。」

「那當然啊，我和栞小姐可是世界上感情最好的夫婦。」

我們就這樣相視而笑好一陣子。幸福的時光。

笑了一陣子之後，進矢先生喝了口茶繼續說。

「不過，如果妳和那位先生這麼意氣相投的話，說不定在遙遠的平行世界裡，他就是妳的伴侶呢。」

「怎麼會，我只愛進矢先生一個人。真的像你說的那樣，遙遠平行世界的我也和這裡的我沒有關係。」

「那真是失禮了。」

「我原諒你。」

我一本正經地點了點頭，進矢先生滑稽地低頭鞠躬。

「啊，對了。說到平行世界……」

我完全忘記了。我亮出左手腕的ＩＰ裝置。

「你看，壞掉了。」

「唉呀，真的耶。我第一次看到顯示 ERROR。」

進矢先生一臉很好奇的樣子看著裝置，然後東摸西摸。嗯，也不是這樣摸一摸就會修好啦。

「明天去公所換新的吧。」

「可是如果在壞掉的這段時間，我平行移動怎麼辦？」

「不用這麼在意吧，反正妳也沒有平行移動到很遠的世界過啊。如果移動到附近的世界，很快就會回來了。」

聽到進矢先生這樣說，我覺得稍微放心了。

我從小就虛質不穩定，長大之後也經常移動到附近的平行世界，但是無論在哪個世界，我都和進矢先生在一起，所以沒問題的。

「說得……也是。現在想想，以前沒有裝置也很正常。」

「沒錯沒錯。」

進矢先生溫和地點點頭，然後喝了一口茶。我也跟著吐了一口氣。

沒問題。就像進矢先生說的那樣。如果現在的我移動到一或二的平行世界，進矢先生也一定會在我身邊。或許遙遠的平行世界裡，我和進矢先生各自有自己的生活，但那麼遙遠的世界與我無關。

……真的嗎？

相鄰一個世界的我，一樣是我。相鄰兩個、三個世界也一樣。

那相鄰十個的世界呢？二十呢？

到底要離多遠，我才不會是我呢？

還是說，無論去到哪裡，我都會是我？

如果是這樣的話，在某個我和進矢先生沒有在一起的世界，那個我還是我嗎？

我。

是我。

我抬起頭。

眼前喝著茶的進矢先生，身影有點模糊。

我看了一眼ＩＰ裝置，依然顯示 ERROR。

那串文字突然讓我覺得很可怕。

拜託。

趕快歸零吧。

請讓我相信，這裡就是我的世界，讓我相信我就在這裡……

×××

夜晚的昭和路十字路口，人潮比白天多。

十字路口的西北側是有很多餐飲店和居酒屋的飲食街，接下來可能才是人潮聚集的時候。

西南側那個有緊身衣女人銅像的廣場，我一個人坐在長椅上，茫然地看著人車經過。我已經在這裡坐多久了呢？我還是覺得在這裡弄丟了什麼……

「栞小姐。」

身邊突然傳來的聲音，讓我抬起頭。

進矢先生站在我眼前。

「我來接妳了，我們回家吧。」

進矢先生帶著溫柔的笑容朝我伸出手。

喝茶的時候，我還覺得沒什麼。

但是喝完茶，一個人獨處的時候，ＩＰ裝置顯示錯誤這件事讓我感到極度不安。

我現在到底在哪裡？

不能確定又感到恐懼的我，不知道為什麼很想來這個十字路口。

因此，明明已經是晚上，我還說要出門散步，就一個人走到這裡。

看著時鐘。我出門之後，不知不覺已經過兩個小時了，進矢先生應該是擔心我，才來這裡接我的吧。他明明可以發脾氣，卻溫柔地笑著，對我伸出手。

「妳就是在這裡遇見高崎先生的對吧？」

「對。」

我一開始說話，進矢先生就放下手，坐到我身邊。

「他說他在等人。不知道有沒有等到。」

「一定等到了吧。」

「應該、是吧……」

進矢先生總是溫柔地回應我。我莫名其妙的行動，應該讓他感到很苦惱才對。畢竟都這個年紀了，被當成是失智也不奇怪。

「……我總覺得在哪裡見過。」

「妳是說高崎先生對吧？」

「對。高崎先生也這樣說。」

「會不會是小時候讀同一間學校？」

「沒有……應該只是搞錯了而已。」

進矢先生一定搞不懂我在說什麼，因為我自己也搞不懂。我到底想要說什麼呢？我來這裡到底想要做什麼呢？

「……我的虛質不是很不穩定嗎？」

「對。」

「所以我才會容易平行移動。」

「對啊。」

「但是，現在已經無從得知我的ＩＰ了。」

我毫無脈絡地提起我的不安。因為無法好好整理自己的想法，說出來的話也很零碎。

「高崎先生說了，我們可能在平行世界見過。我就想，啊，他說的沒錯。」

「有可能啊。」

明明只是重複說過的話，進矢先生還是很有耐心地回應我。可是，現在就連這樣都讓我覺得不安。

「我搞不清楚。」

進矢先生應該更不清楚吧。

「我總覺得在這裡弄丟什麼東西。」

明明就沒有東西不見。

「我不知道這裡是哪裡。不知道我在哪裡。平行世界的我如果和平行世界的高崎先生相遇，那個世界的我或許就不會遇見進矢先生了。但是，那個我還是我。也就是說，我有可能不會和進矢先生相遇……」

我不知道自己在說什麼。我覺得語言和思考都越來越支離破碎，就像我已經不是我一樣，就像這個世界已經不是這個世界……

「栞小姐。」

我聽到一個聲音。溫柔、強而有力、我最喜歡的聲音。

「栞小姐。」

「……是。」

「內海栞小姐。」

「是。」

「是……」

「栞小姐。」

他喊了好幾次，我只是一直回應。

「沒事了。」

進矢先生用「不必害怕」的眼神看著我。

「我會呼喊妳的名字。」

他這樣說。

「妳還記得嗎？當初拯救被鬼隱的太郎小弟弟的事情。栞小姐一直喊太郎小弟弟的名字，才讓搖擺的虛質固定下來。」

好像有發生過這件事，又好像沒有。我想不太起來了。當時我只是拚命往前衝，之後馬上就昏倒了，所以我不太清楚發生什麼事。

但是進矢先生用充滿肯定的聲音繼續說。

「那樣就夠了。讓人確定存在的方法，就是有人呼喊妳的名字，就像栞小姐為太郎小弟弟做的那樣。」

是這樣嗎？真的只要這樣，就能安心了嗎？

我像個害怕的小孩，進矢先生抱著我的肩膀，用堅定的聲音告訴我。

「我會呼喊妳的名字，直到死之前都會呼喊妳的名字。這是我的使命，不會讓給別人。」

他的每一句話，都擊垮我的不安。

進矢先生再度呼喊我的名字。

「栞小姐。」

那個瞬間。

我的心裡充滿溫暖。

啊，真的。

只要深愛的人呼喊我的名字就好。

「我們回家吧。」

我的世界就在這裡。

終章，或者在世界的某個地方

故　高崎曆　儀式　喪葬會場

我和進矢先生散步的時候，看到這片看板。

上面寫著守夜和葬禮的日期，地點是市內的殯儀館。

進矢先生提議去參加葬禮。因此，我雖然是外人，但還是決定參加高崎先生的葬禮。

在告別式的會場裡，我在高崎先生的棺木上，獻上一朵花。

「打擾了。」

聽到聲音，我回過頭，那裡站著一位穿著喪服的女性。她看上去年紀和我差不多，但眼神清澈看不出年齡，充滿女性的高貴優雅。

她對我深深一鞠躬。

「我是故人的妻子，我叫高崎和音。感謝妳今天來參加葬禮。」

「啊，哪裡，您客氣了。冒昧打擾真抱歉，我是內海栞。」

「那個，冒昧請教妳和故人是什麼關係？」

她會這樣問也很正常。妻子一定和高崎先生共度很漫長的時間，最後突然出現我這個陌生人，一定會想要確認是誰吧。

稍微思考一下之後，我決定誠實回答。

「抱歉，其實我們沒有什麼關係，只是上個月在十字路口說過一次話而已。」

雖然我已經做好被當成怪人或失智症患者的覺悟，但和音小姐意外地整張臉都亮了起來。

「啊，妳就是那個十字路口的太太！」

「咦？」

「我聽我先生說過，他說在十字路口遇到一位很棒的太太。」

「啊，那還真是……該怎麼說呢，真是惶恐。」

太驚人了。高崎先生也把我的事情告訴自己最重要的人了呢。我覺得心裡很溫暖。

和音小姐緩緩握起我的手。

「栞小姐，我一直很想向妳道謝。」

「道謝？」

「是啊。遇見妳之後，曆對我說過，他說在十字路口遇到的太太過得很幸福，讓他覺得很開心。能夠因為一個陌生人的幸福而感到快樂，真的很幸福。」

「哇……」

那……那真的是很棒的思考方式呢。

高崎先生一定是非常溫柔的人。聽到這些話之後，我突然想聽更多有關高崎先生的事。

「和音小姐，等葬禮結束妳忙完之後，要不要再和我見個面？」

「咦？當然可以……但是為什麼要和我見面？」

「我想和妳多聊一點，不行嗎？」

聽到我突然這樣說，和音小姐一臉傷腦筋的樣子笑了笑。

「不是不行……只是我們要聊什麼呢？」

我知道我突然說了很奇怪的話。

不過，我就是想說。

「聊妳還有妳最愛的人啊。」

我想聽他們的故事。

接著，我踏上歸途。

回到有我愛的人等著我的，幸福的家。

我愛的人正在等我回家。

「歡迎回家，栞小姐。」

他用溫柔的笑容喊著我的名字。

國家圖書館出版品預行編目資料

當我呼喚妳的名字 / 乙野四方字著；涂紋凰譯. --
初版. -- 臺北市：平裝本出版有限公司, 2023.9
面； 公分. --（平裝本叢書；第 553 種）(@ 小說；64)
譯自：僕が君の名前を呼ぶから

ISBN 978-626-97354-9-5(平裝)

861.57 112012487

平裝本叢書第 553 種
@ 小說 64

當我呼喚妳的名字

僕が君の名前を呼ぶから

作　　者—乙野四方字
譯　　者—涂紋凰
發 行 人—平　雲
出版發行—平裝本出版有限公司
台北市敦化北路 120 巷 50 號
電話◎ 02-27168888
郵撥帳號◎ 18999606 號
皇冠出版社（香港）有限公司
香港銅鑼灣道 180 號百樂商業中心
19 字樓 1903 室
電話◎ 2529-1778　傳真◎ 2527-0904
總 編 輯—許婷婷
執行主編—平　靜
責任編輯—張懿祥
美術設計—單　宇
行銷企劃—鄭雅方、謝乙甄
著作完成日期— 2022 年
初版一刷日期— 2023 年 9 月

法律顧問—王惠光律師

讀者服務傳真專線◎ 02-27150507
電腦編號◎ 435064
ISBN ◎ 978-626-97354-9-5
Printed in Taiwan
本書定價◎新台幣 280 元 / 港幣 93 元